NICO

Brigitte Giraud est née en 1960 à Sidi Bel Abbès (Algérie). Elle vit à Lyon. *Nico* est son deuxième roman après *La Chambre des parents* (Fayard, 1997).

BRIGITTE GIRAUD

Nico

ROMAN

STOCK

« Et à tant s'effacer nos pères ont disparu.
Et quand on a compris on a regardé la terre
Qui ne recracherait rien, on a regardé nos mères
Qu'on n'avait jamais vues si éloignées de nous. »

DOMINIQUE A.

On parlait des fugues de Nico, comme on disait les migraines de maman. Sans plus d'émoi, ça allait de soi. On ne savait pas alors comment ça finirait, on n'était pas méfiant. Nico s'absentait pendant quelques jours puis rentrait un soir à l'heure du repas comme si de rien n'était. Ma mère courait à la police, avec une photo de Nico à la main, les flics regardaient le cliché couleur, le passaient à la photocopieuse et le garçon en noir et blanc qui ressortait de la machine n'avait ni le regard ni l'expression de mon frère. Ils collaient la reproduction à l'entrée du commissariat, la transmettaient au journal local. Ma mère l'affichait à Monoprix, à la poste, à la Caisse d'épargne, buvait un petit verre en rentrant et se laissait tomber dans un fauteuil. « Mais qu'est-ce que j'ai fait ? » (sous-entendu pour mériter ça) répétait-elle en fermant les yeux. « Qu'est-ce que j'ai fait ? » (pour que mon fils me pompe comme ça). « Et votre père qui n'est jamais là. » Personne n'appelait les numéros de téléphone mentionnés sur l'affichette, la ligne de l'appartement, celle du cabinet médical. Personne ne faisait le rapprochement entre mon frère et la photo. Nos problèmes, on pouvait se les garder. Quand mon frère finissait par réapparaître, ma mère n'osait pas le contrarier. Mais, comme pour se venger, elle lui demandait d'aller enlever lui-même les affichettes qu'elle venait de placarder. Il les arrachait d'un geste rageur, les rapportait à la maison, puis les brûlait dans sa chambre au-dessus de la poubelle. Il regardait, avec un sourire en coin, son visage mangé par les flammes.

La première fois que Nico a disparu, nous avons eu peur. Pas de ces peurs dévastatrices qui vous laissent sur le carreau, mais une peur modeste, souterraine, annonciatrice d'un drame que nous n'étions pas capables d'identifier. Nico nous invitait à franchir le seuil d'une ère nouvelle. Il nous exhortait à le comprendre, saisir son appel, mesurer sa détresse. La première fois, c'était au printemps, une journée encore froide et rêche. Nico avait neuf ans. Mon père vivait toujours parmi nous. La journée avait été exactement comme les autres. Ma mère accaparée par ses patients jusqu'à huit heures du soir, mon père de retour un peu plus tôt, tournant dans la cuisine à la recherche d'une tranche de saucisson en attendant le repas. Le saucisson et le coup de rouge qui va avec. Mon frère et moi à l'école, puis à l'étude, puis devant la télé. Arrivés à la maison, nous regardions *Casimir* au lieu de faire nos devoirs. Mon père commençait de s'impatienter, surveillait sa montre, allumait la radio, ne pouvait rien entendre à cause de la télé. Claquait la porte de la cuisine. Il avait faim, rien n'était prêt. C'était toujours *Casimir* à la télé, son gros ventre, les chansons à fond, *dans l'île aux enfants c'est tous les jours le printemps...* et mon père qui sortait de la cuisine, passait devant l'écran, repassait. Les bruits des moteurs montaient de la rue, couvraient les gloussements du dinosaure. Mon frère était avachi dans un fauteuil, les pantoufles par terre, le cartable par terre, le cahier de textes, le livre de français par terre, moi dans un autre fauteuil, en train de vider un paquet de chips, jetant un œil sur mon frère, un du côté de mon père. Inquiète et excitée. Ça a commencé par une phrase, prononcée sur un ton de reproche : « Les devoirs, c'est fait j'espère ! » (espérant que c'est pas fait). La phrase qui devait tomber. Mon frère s'est redressé, a répondu dans le vague sans tourner la tête. Mon père a enchaîné : « Je te parle !!! (et non pas je *vous* parle, parce qu'il part du principe que mes devoirs à moi sont faits). Alors, ça vient ? » Rien ne venait. Mon frère a soupiré, il a osé gonfler les poumons à bloc et expirer bruyamment, il a vomi l'air, d'une traite, a continué de regarder la télé. « Tu me prends pour un con, c'est ça ? » a crié mon père. « Oui c'est ça, je te prends pour un con », n'a pas répondu mon frère, mais n'en a pas pensé moins. Ça se voyait dans ses yeux, que mon père commençait de lui courir, ça se sentait dans ses mâchoires obstinément crispées. Puis tout s'est accéléré, le visage de mon père est devenu immonde, rouge et gonflé. Il a crié mais on n'a rien compris, il ne s'est pas donné la peine d'articuler, il s'est embrouillé avec les syllabes. Des giclées de mots, des salves de postillons, des accents toniques inventés, hurlés n'importe comment. Les graves se sont coincés au fond de la gorge, raclements ahanés, virilité d'un autre âge. Il en aurait recraché son saucisson. C'est son corps tout entier qui est entré en scène, les membres désynchronisés, l'éloquence vulgaire, la veine du cou palpitant sous le col de la chemise, celle du front menaçant de péter, et le torse qui s'agitait pour paraître plus massif. Mais c'est le ventre qui attirait l'attention, le gras du ventre qui s'affaissait par-dessus la ceinture Pierre Cardin. Morceau de couenne superflu, viande morte, comme un écran entre le monde et lui. Mon père était ridicule, indigne. Nico et moi avons échangé un regard avant que les coups ne s'ajoutent aux cris. Ensuite, ce fut l'escalade, tout a volé, le cartable, la trousse, les crayons qui pleuvaient, le double décimètre, le compas, la gomme, les protège-cahiers qui se désolidarisaient. Et mon père qui piétinait ce qui retombait au sol, comme s'il écrabouillait mon frère, ma mère, son patron, sa pauvre existence minable. Après, mon père est retourné dans la cuisine, a fermé la porte. On aurait presque été tenté d'applaudir. Mais Nico suffoquait près de moi, choqué. A la télé, c'était la météo. Ma mère allait rentrer bientôt. Le lendemain, Nico disparut pour la première fois.

Nico prit le chemin de l'école mais ne s'y rendit pas. Il avait enfermé dans son cartable ses cahiers piétinés, froissés, ses livres écornés, ses crayons cassés. Ce matin-là, nous sommes partis ensemble comme d'habitude. Nous nous sommes séparés en route parce que je me rendais directement au gymnase pour l'athlétisme. Il était silencieux mais je n'ai pas été étonnée. Souvent, nous ne parlions pas pendant le trajet. En avançant sur le trottoir l'un à côté de l'autre, je devinais que nous pensions à la même chose, nous pensions aux furies de cet homme injuste qui était notre père. Nous nous sommes quittés au bout de la rue, sans rien dire de spécial. Nico marchait d'un pas lent, hésitant comme s'il ne connaissait pas le chemin. Je n'ai rien tenté pour le consoler. Je l'ai regretté. D'habitude, c'est-à-dire à chaque nouvel assaut de mon père, je lui ouvrais la porte de ma chambre ou, s'il ne se manifestait pas, je forçais la sienne. Nous aimions ainsi nous retrouver, Nico et moi, enfermés dans quelques mètres carrés à chuchoter ou crier notre désir de vengeance. Nous nous allongions en travers du lit et laissions notre imagination nous changer en tortionnaires, en fantômes ou en monstres. Prêts à exécuter leur sentence sur-le-champ. Nico aimait prononcer, à l'adresse de mon père, tous les mots strictement interdits à la maison : salaud, bâtard, crevure, fumier... Je l'encourageais. Il changeait de visage, la colère montait en lui comme la lave d'un volcan et mon frère n'était plus mon frère. Il devenait un être inquiétant, possédé, menaçant. Ses yeux, surtout, me faisaient peur. Ils disaient le désarroi et la révolte dans laquelle il se trouvait. Il s'agissait alors de le calmer, le ramener à la surface, anéantir le magma dans lequel il risquait de se noyer. Une fois la crise passée, quelque chose semblait s'être brisé. Il demeurait silencieux — un silence étrange qui tenait plutôt de l'absence —, il n'entendait plus les phrases que je composais pour lui. Il s'éloignait de moi, se refusait à d'autres confidences comme s'il me soupçonnait d'intelligence avec l'ennemi. Il me tenait en respect par son mutisme. Et pourtant, ce sont ces instants qui nous ont permis de nous découvrir frère et sœur, de mettre à l'épreuve ce sentiment confus qui nous jetait l'un et l'autre dans le même tourbillon.

Nico avait horreur de mon attendrissement. Déjà, il pressentait, dans son orgueil de petit mâle blessé, qu'il n'était pas convenable de se laisser plaindre par une fille. Même une sœur de deux ans son aînée. Ma compassion, il ne voulait pas en entendre parler. Il attendait de moi que je sois son égale, il refusait la hiérarchie. Il ne tolérait pas que je lui propose de l'aider. Ni pour faire ses devoirs, qui lui posaient problème, ni pour redorer son blason auprès des parents, qui avaient tendance à le considérer hâtivement comme un enfant raté. Ce qu'il aimait, c'était inverser les rôles, me surprendre en train de pleurer, découvrir que, moi aussi, il m'arrivait de me sentir bafouée, humiliée, rejetée. Il se montrait alors assez grand seigneur, s'agitait maladroitement autour de moi, tentait de recoller les morceaux. Il m'offrait ce qui lui appartenait, me léguait ses plus beaux modèles de voitures Majorette, ses derniers numéros de *Pif*, et les gadgets qui allaient avec.

Ma mère lui trouvait des excuses. Parce qu'il était son seul fils et que son devoir était de le soustraire aux griffes de mon père. Mais il y avait autre chose entre eux, une aventure d'un type particulier, qui avait tissé des liens. Mon frère pissa au lit, toutes les nuits, jusqu'à l'âge de dix ans. Ma mère employait le mot d'énurésie quand elle avait à en parler, comme s'il s'était agi d'un trouble anodin des plus distingués. Enurésie, comme on dit hérésie ou poésie. Elle parlait de la sorte parce qu'elle est médecin. Et aussi pour nous convaincre que l'énurésie et la pisse au lit, ce n'est pas exactement la même chose. Il ne faut pas confondre. Le résultat est bien la pisse sur les draps, le pyjama qui colle aux fesses, le matelas trempé, le réveil en sursaut, la culpabilité. Mais il ne s'agit que du résultat. Dans toute maladie, il y a aussi une cause, aurait-elle voulu nous faire comprendre, sans pour autant se risquer sur ce terrain miné. Elle n'avait guère l'occasion de nous expliquer quoi que ce soit. Elle n'avait pas le temps. Le seul moment où nous nous retrouvions ensemble, c'était le matin au petit déjeuner, avant l'école, avant l'ouverture du cabinet, ou encore le soir quand elle rentrait fourbue de ses visites à domicile. Il y avait aussi les dimanches, mais la présence de notre père ne l'encourageait pas à aborder la question. Il se mettait à parler plus fort qu'elle, prétendait en savoir plus long, donnait son avis : « Un gamin qui pisse au lit est bon pour la pension », avait-il déclaré un soir au milieu du repas. Nico n'avait pas osé quitter la table. Sa fourchette était restée suspendue au-dessus de son assiette, ses yeux avaient cherché ceux de ma mère. Dans la nuit qui suivit, mon frère avait pissé au lit à deux heures et demie du matin. Il avait alors sept ou huit ans. J'avais entendu le parquet craquer, le bruit de l'armoire qu'on ouvre pour en tirer une paire de draps propres, les pas feutrés de mon frère dans le couloir jusqu'aux toilettes où il avait tenté de vider ce qui lui restait dans la vessie. Peu après, j'avais entendu ma mère se lever, pénétrer dans la chambre de mon frère. Elle avait chuchoté quelques mots que je n'avais pas pu comprendre, des mots sans agressivité. Elle l'avait embrassé avant de se diriger vers la cuisine où elle avait emporté avec elle les draps mouillés. Je crois que là-bas, dans la petite pièce éclairée par les lampadaires de la rue, elle fumait une cigarette. Je l'imaginais, debout contre la fenêtre, dans sa longue chemise transparente, regarder sans les voir les couleurs de la nuit. J'imaginais ses yeux se perdre à l'horizon, là où l'on devine la masse sombre et inquiétante de la mer. Puis je m'étais endormie, je ne l'avais pas entendue retourner se coucher. Je me demande pourquoi mon frère ne portait pas de couche. Ça aurait permis de ne pas laver les draps tous les jours, de ne pas réveiller la maison. Cette affaire de pisse a marqué notre enfance, nos jours comme nos nuits. Sans parler de l'odeur, qui flottait dans l'air de l'appartement et faisait dire à mon père qu'il vivait dans un cloaque. Par effet de comparaison, je sus que j'avais été propre dès l'âge d'un an, ce qui relevait de l'exception et reléguait mon frère au dernier rang de l'humanité.

Mon père, j'ai du mal à en parler. Surtout depuis qu'il est chauve et aussi depuis qu'il est parti. Chauve, ce n'est pas grave, mais chez lui, c'est une calvitie indécente, qui met à nu ce qu'il a de plus étriqué, le crâne. Une petite boîte cabossée et reluisante qu'on croirait astiquée. Son geste favori : se caresser la boîte crânienne d'avant en arrière, lisser au passage les quelques cheveux qui lui font une auréole noire et frisée. Le geste cent fois par jour, toujours de la main gauche, ce qui lui permet de boire en même temps, de conduire, de téléphoner. La petite caresse d'encouragement, une brave bête, tiens ma biche, tu mérites bien une récompense. Sinon, qu'aurait-il fait de la main gauche ? Elle serait restée égarée au fond de la poche de ses pantalons à pinces, elle aurait joué avec les pièces de monnaie qui s'y trouvaient. La calvitie de mon père était plus qu'un spectacle, c'était une performance. Il s'enfermait matin et soir dans la salle de bains, y manipulait un tas de flacons, de lotions, vaporisait sur son cuir chevelu des produits miracles qui imprégnaient les lieux d'une odeur entêtante. Quand il en avait fini avec ses expériences, il laissait les flacons sur la tablette au-dessus du lavabo, avec les notices d'emploi dépliées et humides. De la même façon, il abandonnait dans la douche quelques-uns de ses poils superflus et le savon se ramollissait dans la petite flaque d'eau trouble qui contenait toutes ses peaux mortes. Se laver après lui était une épreuve. Vivre avec lui était un supplice. Je n'ai jamais compris comment ma mère a pu se laisser aimer, elle qui n'a aucune patience. Je n'ai assisté qu'à leurs querelles, je n'ai été témoin que du mépris qui semblait se substituer à tout autre sentiment.

Curieusement, quand il est parti, je n'ai pas été soulagée. Je n'ai pas poussé le grand ouf qui s'imposait, je l'ai détesté encore plus. Parce qu'il a pris soin de nous inoculer son départ comme un venin savamment dosé. Mon père n'a pas su rester, mais il n'a pas su partir non plus. Il a procédé par tentatives. Comme on dit tentatives d'évasion. Il goûtait un temps aux plaisirs de la liberté, remuait à nouveau les orteils dans ses chaussures, mettait une rose à sa boutonnière. Mais bientôt la fleur se fanait et ses chaussettes réclamaient une lessive. Il revenait, jurant à ma mère qu'il ne pouvait se passer d'elle. Elle allumait une cigarette, regardait sa montre et articulait d'un air faussement désolé : « C'est l'heure de mes consultations », avant de lui filer sous le nez. Et elle était sauvée, ses malades l'arrachaient aux promesses de son mari, à ses atermoiements. Elle s'engouffrait dans la salle d'attente comme on se jette à l'eau et en ramenait le plus souvent des femmes au visage triste portant dans leurs bras des enfants pleurnichards. Elle écoutait les femmes, leurs plaintes, leurs rengaines, elle se laissait submerger par leurs douleurs et leurs peurs. Elle tentait d'oublier que son mari s'enlisait dans le mensonge. Les faux départs de mon père durèrent un automne et un hiver. Il n'a pas osé nous quitter avant Noël, à cause du symbole. Il pensait qu'il valait mieux attendre le printemps, Pâques, le chemin de croix. Comme pour les expulsions. Il s'est alors expulsé pour de bon. J'en ai voulu à ma mère, de ne pas avoir su trancher pour lui. Elle nous aurait évité les faux retours gênés, les faux départs en douce, le sac de voyage à moitié vide ou à moitié plein qui traîne pendant des jours dans le couloir, les cadeaux imbéciles emballés à la hâte dans du papier de supermarché, les étreintes confuses sur le paillasson, les appels téléphoniques qui n'en finissent pas pendant le film du soir. Elle nous aurait épargné son vrai visage de femme fatiguée pour qui tout est égal, ses fausses couches successives, inventées ou pas, ses aveux pathétiques à l'égard de mon père, ses réflexions idiotes de femme trompée. Elle nous aurait dispensé du seul spectacle que nous n'oublierons jamais. Celui qui met en scène un homme qui n'aime plus et une femme qui n'aime plus, mais qui s'inventent un avenir fait de jours tendres et de veillées au coin du feu. Alors que le frigo est vide, que personne n'a la force de préparer à manger, que le courrier s'empile sur un coin du buffet, que la poussière et la crasse dévorent l'appartement, que ni mon père ni ma mère ne parlent des dimanches, des résultats scolaires, ils s'en fichent soudain. Alors que la vie s'est retirée de la maison, seule la télévision reste allumée en permanence, les cendriers sont pleins, les lits sont défaits, personne n'attend plus que nous rangions notre chambre, le linge s'entasse sur la machine à laver. Voilà ce qui a duré six mois. L'image d'une femme trompée qui semble s'en moquer. Qui ne crie pas, n'exige pas, n'accuse pas. Ma mère, médecin, sept années d'études, deux enfants, vingt patients par jour, le permis de conduire dès la majorité, ma mère, les cheveux teints, la cigarette au bec, les pantalons. Ça sert à quoi ? Ma mère se fait plaquer par son mari sans protester.

Je ne sais pas ce que Nico pense de cette histoire, à présent qu'on en connaît le dénouement terrible. Quand mon père est parti, j'avais quatorze ans, Nico en avait douze. C'était l'époque où il s'enfermait dans sa chambre pour un oui pour un non, après en avoir claqué la porte. Personne ne savait pourquoi il se soustrayait avec autant de violence à notre compagnie. Il avait recréé un univers à l'intérieur de ses dix mètres carrés, un espace sombre et feutré, avec rideaux tirés et éclairage à la bougie. Il avait déplacé les meubles et posé une targette à sa porte, ce qui mettait ma mère dans tous ses états. Il écoutait de la musique quoi qu'il arrive, même en faisant ses devoirs, des radios comme NRJ. Sans doute pour ne pas entendre ce qui se passait dans l'appartement, les allers et retours de mon père, les talons de ma mère sur le parquet, la sonnerie du téléphone ou encore le sommier de mes parents qui devait grincer de temps en temps derrière la cloison. Il semblait s'anesthésier, renoncer à une part de lui-même et cultiver la rancœur qui commençait de le dévorer. Que se passait-il derrière la porte de Nico ? Ma mère me posait la question, inquiète, comme s'il s'était agi d'un temple de Satan. A quelle messe noire pouvait-il bien s'adonner ? Quand elle frappait à sa porte, le sommant d'ouvrir immédiatement, il mettait un certain temps avant de s'exécuter, et l'on entendait dans l'intervalle un drôle de remue-ménage coupable. Il ouvrait la fenêtre pour que s'échappent les odeurs retenues dans la pièce et que la lumière du jour redonne à la chambre un aspect convenable. Ma mère, qui se sentait bernée, lui interdisait de s'enfermer à clé. « Tu me démontes ce verrou immédiatement ! » criait-elle avec des aigus dans la voix. Il chuchotait entre ses dents « Qu'est-ce que ça peut te foutre ? », juste assez fort pour qu'elle entende. Désemparée, elle allait chercher mon père (ça c'était avant le printemps) qui, sans qu'il sache de quoi il retournait, s'abattait sur Nico avec toute la hargne dont il était capable. Quand il avait accompli sa mission, mon père passait à la salle de bains, se lavait les mains, s'épongeait le visage qui suait abondamment et se tamponnait les tempes avec un peu d'eau de Cologne. Ainsi purifié, il regagnait la salle à manger où il se laissait tomber devant la télévision, furieux d'avoir été arraché à son programme. Mais, encore un peu de patience, il serait bientôt libéré de ces expéditions punitives et, par la même occasion, de tout autre engagement à notre égard.

Nico réclamait un animal, pour être moins seul, varier les plaisirs. N'importe quoi, chien ou chat, lapin, hamster, même une perruche aurait fait l'affaire. Ma mère s'y opposa, puis finit par admettre qu'elle n'était pas à un animal près. Nico récupéra un chat. En fait, c'était une chatte, bravo. Chacun y alla de son amabilité. « Pour la caisse, tu te dé-mer-des, encourageait mon père. Et les petits, compte pas sur moi pour les zigouiller. » La chatte trouva à se loger dans la chambre de Nico. On mit la caisse dans les w-c, en toute logique. Puis il fallut prendre une décision : devions-nous la faire opérer, lui couper ou nouer les trucs. Ma mère nous expliqua, avec des mots scientifiques, comment éviter les bébés chats. C'était la première fois qu'elle nous parlait du corps, l'intérieur, les organes, la reproduction. Des mots nouveaux qui sonnaient bizarrement dans la bouche de ma mère. Et la voilà lancée dans de drôles de raisonnements. On ne savait pas que les chats avaient une trompe, encore moins des trompes, ni même une poche, élastique pour le fœtus, et des œufs dans le ventre. Ça ne ressemblait plus à un chat, ça faisait un peu poule. Donc on pouvait empêcher qu'il y ait un poussin dans l'œuf, ou des chatons dans la poche. Il suffisait de. Là, je n'ai pas vraiment compris. Parce que, ovulation et fécondation, ça ne me disait rien. J'ai retenu qu'on envoyait des suppositoires dans le ventre du chat, comme du napalm, pour anéantir l'intérieur. On n'a pas su, cette fois, à quoi servait le mâle, visiblement, il ne servait à rien. Ma mère n'en a jamais parlé. Mon père, qui écoutait la version médicalisée de la procréation, semblait parfaitement convaincu, un peu perdu peut-être, mais ça ne se voyait pas. Mon frère, quant à lui, ne manifesta aucun intérêt pour ce que ma mère appelait la contraception. Il préféra nettement le volet stérilisation qui ne tarda pas à arriver. Ça devenait plus concret, il s'agissait d'anesthésier, de couper, voire même d'extraire (deux méthodes étaient possibles, plus ou moins radicales). Il pouvait s'imaginer les ciseaux, le bistouri, le sang, la chair un peu rosée, le ventre du chat comme une volaille qu'on vide avant de la faire cuire. On pensait au foie, au cœur, aux artères, à la sensation de froid qui vous saisit quand vous tenez les organes dans la main, la résistance des tissus sous le couteau de cuisine. On ne savait pas que, au contraire, le ventre du chat devait être chaud et palpitant, qu'il s'agissait de charcuter un animal vivant. Ce fut ma mère qui décida. On laisserait à la chatte le temps de mettre au monde une portée. Puis on aviserait. « Oui, disait mon père, ça ne sert à rien de se précipiter. On trouvera toujours quelqu'un pour les petits, vous en parlerez à l'école. »

Quand je repense à cette discussion, ce quasi-conseil de famille à propos d'un chat, je m'étonne de l'inaptitude qu'avait ma mère à nous parler vraiment. Ce fut la seule éducation « sexuelle » qu'elle nous donna. Des histoires de ligaturage de trompes, d'ablation d'utérus et d'anesthésie locale ou générale. Je ne savais même pas que, quelques mois plus tard, j'aurais mes règles et à quoi cette nouveauté allait me servir. Et quand bien même elle aurait tenté de m'en parler, elle m'aurait entretenue de menstrues, d'œstrogène, d'aménorrhée et autres noms de plantes aquatiques aussi insolites qu'abscons. Et notre père dans tout ça ? A quel âge avons-nous compris qu'il était responsable de notre naissance ? Nous avons baptisé le chat Fantomette. Elle eut bientôt ses premières chaleurs, puis, au terme d'un printemps où elle passa presque toutes les nuits dehors, son ventre prit de l'ampleur. Elle accoucha dans l'armoire de mon frère de quatre chatons qu'il nous fallait au plus vite refiler aux copains. Les deux plus beaux, roux, furent réservés. Nous devions nous débarrasser des deux autres. Mon père, si on avait bien compris, ne se porterait pas volontaire pour les noyer. Ma mère se dérobait. Moi, je me voyais mal faire boire la tasse à un chaton. Nico se désigna lui-même comme l'exécuteur de la sale besogne, le bourreau que le destin convoque. Il avait un peu plus de huit ans. Il ne voulut pas de témoin, s'enferma dans la salle de bains avec les deux chatons, pendant que Fantomette miaulait derrière la porte. Nico commença par crier des ordres. « Vire-moi ce chat dehors ! Laura, fais vite ! » J'attrapai Fantomette que je mis en quarantaine sur le paillasson. Mais même sur le palier, ses plaintes nous fendaient le cœur. Nico voulait opérer sans être dérangé. Il lui fallait à présent mettre de l'ordre dans son entreprise.

1) Poser les chats par terre.

L'idéal serait d'avoir une grande poche, quelque chose comme un tablier.

2) Ouvrir le robinet d'eau.

Eau chaude ou froide ? Faut-il les ébouillanter ou leur faire prendre une congestion ?

3) Attraper les chats.

Mais on ne peut pas en mettre un dans chaque main. Ça ne va pas. Nico, en tout cas, n'y arrive pas. Il en repose un sur le carrelage. Lequel ? Le gris ou le tacheté ?

4) Saisir le chat fermement dans la main.

Ne pas remarquer que c'est tiède et doux et que le cœur bat.

5) Plonger la main dans l'eau.

C'est là où ça coince. C'est la scène à laquelle on pense depuis le début, à laquelle Nico a rêvé la nuit. Plonger la main dans l'eau, comme pour faire un bain de mains (étrange), mais avec un chat au bout. Il faut se ressaisir. Il suffit de se raisonner : *J'ai décidé d'avoir un chat. On m'a averti que je devais m'en occuper. Mon père va être furieux s'il doit s'en mêler. Je ne dois pas le contrarier sinon c'est le drame.* Ou alors, un autre type d'argument *: J'ai cinq sales minutes à passer, cinq. Après, ce ne sera plus qu'un mauvais souvenir.* Pas mal. Nico trempe la main, ce n'est ni chaud ni froid.

6) Maintenir la main au fond de l'eau et ne la remonter sous aucun prétexte.

Mais ça bouge au bout de la main, ça se débat. Une chose si minuscule, les yeux pas même ouverts, ça déploie une force inimaginable. Nico ne peut pas. Il ressort le chat.

7) Ne pas regarder son image dans le miroir au-dessus du lavabo.

Encore un argument qui pourrait le délivrer : *Je suis un homme, je dois être courageux, je ne vais pas me ridiculiser pour un chat.* Nico remonte sa manche qui n'arrête pas de descendre. Le chat pousse des petits gémissements qui ne sont pas des miaulements, on voit qu'il a déjà des griffes au bout des pattes. Nico replonge le bras. Il ferme les yeux, il ne sait pas jusqu'à combien il doit compter. Il va essayer de compter jusqu'à cent, comme quand il était petit, oublier le monde autour, la maison, la salle de bains, le chat. Il se concentre. Il tient bon. Vas-y, tiens bon ! Mais il se passe quelque chose d'imprévu dans le ventre de Nico. Comme une chaleur, un tressaillement. Un fluide onctueux parcourt ses veines, remonte le long de ses vertèbres, envahit ses muscles, s'empare de ses reins, de son sexe. Nico est troublé, il ne fait pas vraiment attention.

8) Sortir le bras de l'eau.

Il faut supporter la vision du chat mort, pantelant, savoir qu'en faire. Le poids de l'animal au bout des doigts, quatre pattes qui ne s'agrippent plus, la petite tête qui se penche d'un côté, puis de l'autre, comme si elle allait se détacher du corps. Nico est tenté de sécher le chat, de l'envelopper dans une serviette, un linceul. Il ne sait s'il peut utiliser une serviette de bain, si ça ne va pas mettre ma mère en colère. Il n'ose pas, ne sait pas quoi faire du petit corps ruisselant. Il le pose sur le rebord du lavabo, près du porte-savon. Pendant ce temps, l'autre chaton s'est traîné jusqu'à ses pieds, il semble apprécier la chaleur des pantoufles en laine, un peu comme le ventre de sa mère. Nico peut se dispenser à présent des étapes un et deux. Il arrache le chat à l'illusion des pantoufles et passe directement à l'immersion. Il ne pense à rien. Il se sent presque sûr de lui. Son bras tremble à peine, il ferme le poing avec détermination. Son visage de petit garçon a changé. La douceur s'est retirée de ses yeux sombres. Ses sourcils dessinent une courbe nouvelle, plus grave, et ses narines se dilatent, comme gênées par sa respiration trop intense. Nico maintiendra le bras au fond quoi qu'il arrive, il doit relever le défi, s'infliger cette dernière épreuve. Il doit vaincre la peur. Pour la première fois, il a une intuition étrange. Il a envie de grandir, de devenir un homme. Pas comme son père, mais un homme qui ne recule devant rien, un être fait de dignité et de courage. Son bras est dur, ses muscles tendus, ses doigts se crispent autour de l'animal et, de nouveau, la vague de chaleur arrive, douce et rassurante. Pendant que le chat agonise, Nico se hisse sur la pointe des pieds à la hauteur du miroir et se regarde droit dans les yeux. Il vient de tuer. Il en est capable désormais, il y a même pris du plaisir.

A la maison, nous aimions mettre en scène notre mauvaise humeur. Nous avions du talent pour la perpétuer chaque jour, tombant dans tous les pièges que tend une maison. L'intendance, surtout, nous rendait fous. Les histoires de poubelles qu'il fallait descendre, de papier toilette qu'il fallait renouveler. Pourquoi une poubelle est-elle toujours bourrée à ras bord ? C'est si agréable, une poubelle vide. Pourquoi celui qui utilise la dernière feuille de papier toilette laisse-t-il au suivant la tâche ingrate d'installer sur le dévidoir un rouleau neuf ? Pourquoi les mâles pissent-ils sur le rebord des toilettes, à l'endroit où nous posons nos fesses ? Pourquoi ma mère ne vide-t-elle jamais les montagnes de mégots qui s'entassent dans les cendriers, nous renvoyant chaque jour au cancer qu'elle entretient probablement dans sa poitrine. Mes parents jouaient tous les matins le même sketch. Ma mère se levait en toussant, ouvrait la fenêtre de la cuisine, respirait l'air chargé d'humidité qui arrivait du large. Elle tirait la porte du grand placard et, encore mal réveillée, avait du mal à mettre la main sur le café et les filtres. Elle cherchait son médicament dans tous les tiroirs qu'elle refermait d'un geste sec. Elle l'avalait d'un coup avec un grand verre d'eau en prenant un air dégoûté. Mon père surgissait alors dans sa robe de chambre marron gancée de jaune et demandait sur un ton mielleux : « Je peux prendre ma douche ? » Ma mère ne répondait pas. Comme si on pouvait répondre à cette question (qui en fait était une affirmation) tous les matins depuis dix ans. Mon père faisait demi-tour et s'éloignait dans le couloir. De sa robe de chambre, on voyait dépasser ses jambes musclées et poilues. Ses mules claquaient à chacun de ses pas. Clac, clac, c'était le bruit que faisait mon père. Ma mère installait sur la table tout ce qu'elle trouvait dans le frigo et dans le placard, sans aucun discernement : du fromage, les saucisses de la veille, ou encore de la mayonnaise. Au moment où nous prenions place avec mon frère, un peu écœurés par l'odeur du café, mon père réapparaissait avec les joues rosies, fleurant l'eau de toilette et la lotion capillaire. Il commençait par annoncer qu'il ne fallait pas compter sur lui pour finir la saucisse d'hier, que ça lui coupait l'appétit. Ma mère rentrait alors sa saucisse et allumait sa première cigarette. Puis mon père demandait si le café était prêt. Et du lait, est-ce qu'il en reste, et le pain, est-il grillé ? Il enchaînait par des accusations à propos de traces de beurre dans la confiture et de traces de confiture dans le beurre. Il faisait remarquer à mon frère, qu'il tenait pour le coupable, que respecter la nourriture, c'est respecter ses parents. Il disait que s'il n'était pas d'accord avec cette théorie, il se chargerait de la lui faire entrer dans la tête par n'importe quel moyen. Puis il embrayait sur le Nutella, qu'il lui interdisait de manger à même le pot. Heureusement, nous n'avions pas le temps d'entendre la suite. Il nous fallait nous précipiter dans la salle de bains pour nous brosser les dents. Le lieu était surchauffé, empli d'une vapeur suffocante. Impossible de nous regarder dans le miroir. J'aidais mon frère à se coiffer. Mais il se dérobait, remettait ses cheveux en bataille. Nous attrapions nos cartables et filions pour ne pas être en retard. Nous laissions ma mère et mon père en tête-à-tête, soulagés de ne pas assister à la suite des opérations.

Le soir, ma mère rentrait après avoir visité ses patients. On avait l'impression qu'elle avait attrapé toutes leurs maladies. Elle nous revenait avec un visage triste, les lèvres pâles et les yeux brillants, comme affolés par la fièvre. Avec des gestes las, elle laissait tomber son sac, son imperméable et se débarrassait de ses chaussures à talons. Elle se retrouvait pieds nus. Sans ses chaussures, ce n'était plus la même femme, elle redevenait accessible, presque vulnérable. Sa démarche était plus timide, on entendait parfois craquer les os de ses orteils. Elle avançait jusqu'à nous et, sans un mot, se lavait les mains au robinet de la cuisine. Puis elle s'éclipsait, avant de nous rejoindre à table, s'il n'était pas trop tard. Elle réapparaissait en peignoir, frottait ses cheveux dans une serviette-éponge et s'intéressait à nous tout à coup. Elle semblait nous découvrir, nous voir pour la première fois, comme si elle émergeait d'un épais brouillard. Ma mère nous regardait environ une heure par jour. Un moment à ne pas manquer. Elle redevenait alors la mère de ses enfants, là assise près de nous, avec les cheveux mouillés, la voix cassée et des gestes tendres. Parfois, elle nous touchait, elle caressait la joue de mon frère. Elle répétait chaque soir qu'elle n'avait pas très faim, considérait son assiette d'un air inquiet. Mais, comme pour faire honneur au repas que nous avions préparé nous-mêmes, elle s'efforçait d'avaler quelques bouchées avant de repousser son assiette. Elle disait qu'elle nous trouvait fatigués, ou que nos yeux étaient cernés. Elle observait mon frère et cherchait dans son expression un indice, un détail qui lui permettrait de faire un commentaire. Elle disait : « Tu n'as pas froid sans pull-over ? Tu devrais te couvrir avec le temps qu'il fait. » Elle disait aussi : « Tu parles avec le nez, tu t'es enrhumé. » Elle pensait à ce que nous pourrions faire dimanche, suggérait une partie de cerf-volant sur les falaises ou la visite du phare. Ma mère semblait surprise de nous voir grandir, s'étonnait que nous puissions nous passer d'elle aussi facilement. Elle était à la fois distante et omniprésente, toujours à deux pas mais insaisissable. Nous n'avions qu'à tendre le bras pour l'atteindre, pousser une porte vitrée. Mais nous restions en retrait, tapis dans l'appartement, attentifs à ne pas entraver sa route que nous pressentions déjà saturée. Nous nous contentions de la savoir près de nous, le va-et-vient dans le cabinet médical nous rassurait, nous persuadant qu'elle était bien vivante. Ma mère avait conscience du petit fossé qui nous séparait mais elle ne savait comment le combler. Elle était maladroite, en faisait parfois un peu trop. Elle se montrait soudain démonstrative, nous pressait contre elle dans une pulsion hystérique, qui nous mettait dans l'embarras. Nous ne réclamions pas, nous n'imaginions pas que les choses auraient pu être différentes. Ma mère ne parlait jamais des malades, des urgences, des épidémies. Elle nous tenait à l'écart, comme si elle craignait de nous contaminer. Mais on comprenait, à la gravité de son regard qui divaguait par instants, qu'elle était préoccupée par les patients qu'elle venait d'abandonner. Il n'était pas rare que ma mère soit dérangée par le téléphone, le soir comme le week-end. On demandait le docteur à l'autre bout du fil, on était désolé mais on avait besoin du docteur. Le téléphone était devenu l'instrument maudit que chacun redoutait. Il nous reliait au monde, mais à un monde chancelant, déprimé, fait de douleurs et de lamentations. Ma mère répondait avec une voix spéciale que nous ne lui connaissions pas. Elle jouait sur les graves, déployait son autorité. Nous saisissions des mots, des phrases, toujours très brèves, des questions incongrues : « Avez-vous eu vos règles ? » « Il est préférable d'éviter les rapports » « Mais il faut dire à votre mari que c'est le docteur qui l'exige ! » « Et quand vous urinez ? Et quand vous allez à la selle ? » « Sinon, ça peut devenir une partie de ping-pong ! » Elle griffonnait des mots sur un petit calepin, des noms de médicaments, des chiffres, des symboles. Les gens téléphonaient pour savoir s'ils pouvaient « avoir des rapports ». Nous ne comprenions pas de quoi il s'agissait, nous imaginions quelque chose de grave. Les maris faisaient appeler leurs femmes, ils ne tenaient pas à perdre la face. Ils voulaient en avoir le cœur net. « Vous pouvez avoir autant de rapports que vous voulez », disait parfois ma mère, ou alors, moins réjouissant : « Ah non, jusqu'à la fin du traitement, je suis formelle. »

Quand ma mère était au téléphone, l'air préoccupé par ses patients, nous faisions comme si de rien n'était. Nous poursuivions notre routine, nous finissions de débarrasser la table, de ranger la cuisine. Nous allumions la télévision, sans trop monter le son. Les mots que prononçait ma mère se mêlaient aux mots du petit écran, mais nous écoutions ce qu'elle disait, nous étions suspendus à ses lèvres. Parfois, elle nous faisait signe, elle agitait les doigts, l'index et le majeur.

Elle réclamait ses cigarettes. Mon frère était le plus rapide. Il rassemblait en un éclair cigarettes, allumettes et cendrier qu'il déposait près d'elle comme une offrande. Puis il allumait la cigarette, il craquait deux ou trois allumettes pour le plaisir, jouait avec le feu. Ma mère poursuivait la conversation. Elle disait : « Les analyses sont transparentes », puis elle ajoutait : « Pas de signe de malignité, en clair ça veut dire : tout est normal. » Elle disait : « Les antibiotiques n'agissent plus. Il faut bombarder. Des injections, je ne vois plus que ça. Piqûres, oui piqûres. » Elle disait aussi : « L'albumine, j'aime pas. Ça nous arrange pas. » Elle disait encore : « Hématome mal résorbé. » Elle déroulait toute une litanie de phrases affolantes qui tapaient doucement à nos oreilles. Des avalanches de mots inquiétants se déversaient dans la maison. Nous grandissions, bercés par des sonorités étranges comme « leucocytes », « spermogramme » ou encore « créatine » et nous imaginions qu'il s'agissait là de noms de maladies graves dont on mourait à tous les coups. Ma mère dispensait ainsi en toute quiétude la mort à ses malades, assise dans son fauteuil, les pieds sur la table du salon. Mais les malades tenaient bon, ils résistaient, se cramponnaient désespérément à la vie. Ils s'accrochaient à ma mère, ils la pourchassaient. Au matin, ils attendaient devant la porte, ils campaient dans l'escalier. Nous croisions ces visages apeurés quand nous partions à l'école, mon frère et moi, et cela nous brisait le cœur de livrer notre mère à cette horde d'inconnus qui, pour sauver leur peau, la détruisait un peu plus chaque jour. En les croisant, je baissais les yeux, tandis que mon frère leur jetait des regards pleins de reproches. Comment allaient-ils nous la rendre, notre mère ? Plus vulnérable encore ? Vidée de tout sentiment, pompée, anéantie ? Les malades entraient chaque jour dans sa vie, sans prendre rendez-vous, livraient leurs corps fatigués et leurs âmes meurtries. Ils ne demandaient qu'une chose : continuer de vivre, eux qui en avaient déjà trop vu. La plupart venaient d'ailleurs, de pays lointains. Ils avaient traversé des mers et parlaient mal notre langue. Ils vivaient dans le quartier, les enfants jouaient sur les trottoirs, à deux pas de chez nous. Ils avaient choisi notre mère parce que sa porte était toujours ouverte et qu'elle voulait bien écouter leur histoire. Ils l'avaient désignée parce qu'elle ne ressemblait pas à un docteur, avec son allure débraillée, sa chevelure défaite, ses doigts tachés par la nicotine. Elle ressemblait à une malade, dont le cœur s'emballe, dont les mains tremblent. Elle ne portait pas de blouse blanche, elle n'avait pas la patience de les repasser.

Ça, c'est mon père tout craché, cette histoire de patience. Il reprochait à ma mère de ne pas avoir la patience de se consacrer à sa famille et à sa maison. Comme s'il en avait, lui, de la patience. Il se sentait abandonné, alors il rivalisait d'activité pour éviter les temps morts, il multipliait les rendez-vous auprès d'une clientèle triée sur le volet et s'interdisait de s'alanguir à la maison. Il s'activait pour l'argent, mais aussi parce qu'il entretenait avec ma mère une rivalité professionnelle. Mon père vendait des voitures pour un constructeur japonais (il disait nippon). Il enfermait les dépliants dans sa mallette, qu'il présentait avec fierté à la moindre occasion. Nous savons tout sur les voitures japonaises, les moteurs seize soupapes, les roues arrière directionnelles, les boucliers de protection avant, les espaces de chargement inégalables. Nous connaissons les qualités rabâchées par mon père : rigueur, efficacité, fiabilité et performances. Pour vendre ses véhicules, mon père devait se faire beau. C'est en tout cas ce qu'il croyait. Nickel des pieds à la tête. Les chaussures cirées, les pantalons et les chemises repassées, les cravates assorties, recherchées mais pas trop voyantes, colorées, décontractées mais pas vulgaires. Les cravates étaient son problème, son obsession. Il misait tout sur la cravate, ce qui, me semble-t-il, était une erreur. Il avait abandonné les rayures et petits dessins géométriques — qu'il laissait aux présentateurs du journal télévisé — au profit de motifs plus osés, un rien risqués, comme des palmiers, des nounours ou même des reproductions de tableaux célèbres. C'est ainsi que mon père n'hésitait pas à arborer sur la poitrine le sourire de la Joconde ou les tigres mal embusqués du douanier Rousseau. Il s'imaginait que le fait de porter des cravates fantaisie prolongeait sa lointaine jeunesse. Il se croyait moderne, il était pathétique. « Le client est influençable, disait mon père, la vente se conclut sur un détail, trois fois rien. Un vendeur qu'on ne respecte pas ne viendra jamais à ses fins. Il faut que le client flaire le dynamisme, le professionnalisme. Pour résumer, il faut en imposer. » En aurait-il imposé à ses clients s'ils l'avaient vu, en slip et en chaussettes, en train de repasser ses chemises sur la table de la cuisine ? *A cause* de ma mère qui n'était jamais disponible pour s'occuper du linge. *A cause* de sa fille qui n'était pas encore assez grande pour tenir un fer à repasser. *A cause* de son fils qui, soi-disant, accaparait sa mère. Un concours de circonstances multiples et fâcheuses qui ne lui octroyait ni le statut d'un dieu, ni même celui d'un roi. Il vivait mal son rang d'homme défavorisé (par rapport à la moyenne nationale) et dépensait beaucoup d'énergie à nous le faire payer. C'est mon frère qui trinquait, comme toujours, parce qu'il était le plus vulnérable, le plus friable. Et que personne n'était censé faire la différence entre autorité, abus de pouvoir et torture morale. Mon père allait s'employer, par petites touches, à briser mon frère, à le maintenir à sa botte, pour son bien, il va sans dire. Il excellait dans cette entreprise perverse qu'il semblait exercer sans aucun remords. Le grand mâle et le petit mâle s'affrontaient en un combat inégal. Les armes n'étaient pas les mêmes, ni les motifs. Le grand attaquait, le petit se débattait. Le grand usait de toute sa force, le petit était pris au piège.

Mon frère était fréquemment envoyé au piquet. Une idée fixe née dans le crâne de mon père, qui trahissait son manque d'imagination.

Le piquet était devenu un réflexe, un passage obligé qu'il affectionnait pour son aspect archaïque, rudimentaire. C'est une punition curieuse, fondée sur l'attente, l'ennui, le vide. C'est un peu comme une lapidation sans pierres, l'idée du cachot sans cachot, l'isolement sans barreaux. Le piquet est l'envers d'un châtiment, il enseigne comment s'abstraire mentalement du monde, comment, le dos tourné, reconstituer ses forces intérieures pour faire face à l'ennemi, comment pratiquer le ressassement. Il invite à mettre au jour les rancœurs enfouies, les douleurs assoupies, car il faut bien occuper tout ce temps passé debout face au mur, il faut bien se distraire des muscles des jambes et du dos qui fatiguent. Parfois, le rituel tournait à l'absurde. Comme ce jour où Nico, au piquet depuis plus d'une heure contre le mur du couloir, les mains sur la tête, s'égarait dans son entêtement. Les mains sur la tête, derrière la tête, puis les mains n'importe où, les mains le long du corps, les mains dans le slip. Mon père lisait le journal, allongé sur le canapé du salon. Ce devait être un samedi. Il s'assoupissait, maintenait tant bien que mal le journal ouvert, il avait un sursaut, tournait la page. Puis pof, le journal retombait sur son ventre, mon père respirait plus fort, endormi. Mon frère, attentif à tous ces signes, se savait provisoirement libéré, il pouvait se permettre de quitter son poste, d'aller goûter, d'aller pisser. Mon père se relevait soudain, se réveillant d'un coup, oubliant Nico, se jetait sur sa mallette qu'il ouvrait pour en vérifier le contenu et sortait précipitamment. Ses rendez-vous à coup sûr. J'appelais Nico : « C'est bon, il s'est barré. » Mais il ne voulait rien savoir : « Je reste jusqu'à son retour, je purge ma peine. » Nico, un mètre vingt, excédé par cette volonté d'humiliation répétée, s'imposait une conduite héroïque, un traitement de choc dont j'avais du mal à comprendre l'enjeu.

Puis il y eut ce jour, avec Nico au piquet dans le même coin au fond du couloir. Les mains en haut, en bas, derrière, devant. Les chaussettes qui tire-bouchonnent sur les chevilles. Les genoux maigres qui dépassent du short. Mon père endormi sur le canapé avec le journal tombé par terre. Tout à coup, le bruit du journal qu'on replie en quatre. Vite, au garde-à-vous contre le mur, les mains sur la tête. Un piquet impeccable. Mon père à l'inspection. Suspense. Je suis dans ma chambre, assise à mon bureau. Ma porte est ouverte, je vois toute la scène. Nico se tient bien droit, il respire vite. Mon père attaque. Un coup de pied au cul, puis deux gifles à l'arrière de la tête. Nico ne bronche pas, ni cris ni pleurs. Une troisième gifle qui le projette contre le mur. Mon cœur se soulève. Je ne bouge pas, je ne défends pas Nico. Mon père siffle entre ses dents. Il l'attrape par le col, lui met le nez contre le coin du mur. « C'est toi qui a fait ça ? » il demande. Puis il répète plusieurs fois avec un degré de violence inouï dans la voix : « Tu vas me répondre ! » Nico a le front contre le morceau de papier peint qu'il vient de déchirer. Tout l'angle est à refaire. Mon père, les yeux injectés de sang, le lâche enfin. Il finit par ajouter : « J'exige que le mur soit réparé à mon retour, tu entends bien, j'exige. » Il se recompose un visage, rassemble ses affaires et claque la porte. Quand il est parti, nous répétons en chantant et en mimant les gestes : « J'exige, j'exige, j'exige... »

Puis ce fut un mercredi, Nico en quarantaine, toujours dans le même coin. Ma mère en consultation, mon père en arrêt maladie, allongé sur le canapé du salon. Le journal de treize heures à la télévision, la guerre du Golfe. Les Américains sont formidables, ils font la guerre sans se salir, sans même se déranger. Ils sont épatants, ils larguent des bombes qui ne tuent pas, des missiles qui ressemblent à des étoiles filantes. Mon père s'endort devant la guerre. Nico trouve que le piquet, c'est lassant. Il gagne sa chambre, centimètre par centimètre en retenant sa respiration, au cas où mon père serait réveillé par un tir d'artillerie. Je reste vigilante. Je donnerai l'alerte en cas de danger. Mais mon père dort sur ses deux oreilles, tranquille : la guerre est à l'autre bout du monde. Un moment plus tard, Nico ressort de sa chambre, sans bruit. Il se remet docilement au piquet. Quand mon père se réveille, il y a de la fumée dans l'appartement. Une nappe légère de fumée blanche qui provient de la chambre de Nico. Mon père pousse la porte, se met à tousser. Il s'affole, fait des allers-retours dans le couloir qui ne servent à rien. Nico se garde bien de bouger, il demeure au piquet en baissant la tête, avec sa figure de victime, mais avec les yeux qui brillent. Mon père trouve enfin les gestes, revient de la cuisine avec une bassine d'eau qu'il jette au milieu de la chambre. Mais les flammes continuent de s'élever de la corbeille à papier. Il a soudain l'idée de se saisir de la corbeille et de la jeter dans le bac à douche. C'est le foutoir, il y a de l'eau partout, mon père patauge. Le bas de son pantalon est imbibé, il marche sur la pointe des pieds comme une danseuse. Mon frère se ratatine contre le mur, il sait que son heure va venir, il est prêt à encaisser. Il tourne la tête, cherche mon regard, je sens un drôle d'éclair dans ses yeux. Il jubile.

Probablement pour avoir plus de poids, mon père se laissa pousser la moustache. D'abord, il ne dit rien à personne. Puis il testa l'effet produit sur ma mère. Il aurait voulu l'avoir par surprise, se lever un matin avec une belle touffe noire sous le nez. Mais il fut contraint d'exposer jour après jour la progression laborieuse de son nouvel atout. La moustache était brune, d'épaisseur inégale, ce qui le désolait. Il lui donna une forme conventionnelle, quasi rectangulaire, sans oser jouer sur les courbes et les pointes. Mon père gagna aussitôt en virilité, ce fut indéniable. Et, entre autres vertus, l'amas de poils compenserait les cheveux qu'il n'avait plus sur la tête. Quelque chose avait changé, qui ne me plaisait pas : sa lèvre supérieure avait disparu, comme avalée, et le dessin de sa bouche était bancal. De plus, quand il mangeait, la nourriture s'accrochait à la moustache comme la poussière à un balai. Ma mère, prête à tout, accueillit le changement avec un enthousiasme mesuré mais amusé. Ça la faisait sourire d'avoir à sa table une nouvelle tête. Par contre, la voix était toujours la même, grave et cinglante, et les réparties toujours aussi dénuées d'humour. Ma mère s'essaya à plaisanter à propos de la moustache. Elle dit : « Ça fait gentleman, ou plutôt brocanteur, un air un peu flic aussi. » Mon père encaissait en silence. Mon frère et moi demeurions muets, de peur de recevoir une trempe, mais nous avions notre petite idée. Ma mère poursuivait : « Et ça t'a pris comment ? » Mon père ne savait quoi répondre : « Envie de changement, le printemps peut-être. » Le printemps, mon œil, pensait ma mère, il me prend vraiment pour une idiote.

Ce que Nico pense du départ de notre père ? Difficile à dire, parce que, chez nous, on ne pense pas, on n'anticipe pas. La preuve, quand les parents apprendront ce qui s'est passé cette nuit, ils tomberont des nues, ils auront l'air d'enfants perdus. Chez nous, on vit comme on peut, on ne fait pas de commentaire ni d'effort, chacun essaie de jouer son rôle. Mon frère continua à mener ses petites affaires comme avant. Il traîna un peu plus les pieds sur le parquet, traita ma mère tantôt comme une reine, tantôt comme une domestique. Il devint le seul homme à la maison, mais rejeta cette responsabilité. Il arrêta de grandir, d'un coup. Comme s'il refusait de ressembler à un homme. Sa cage thoracique demeurait étriquée, ses cuisses effilées. La barbe, ce serait pour plus tard, quand les hormones auraient peaufiné leur révolution. Ma mère remarqua les proportions suspectes, le teint pâle, l'œil fatigué. Elle invita mon frère à consulter et lui fixa rendez-vous dans le cabinet médical, ce qui n'arrivait jamais. Nico, vexé d'être traité comme un patient ordinaire, s'installa dans la salle d'attente en soupirant. Ma mère lui avait dit quinze heures trente, il n'était pas question qu'il passe avant son tour. Nico lui en voulut de le considérer comme les femmes et les hommes qui lui faisaient face. Des êtres pauvres, bruyants, qui se levaient pour un oui pour un non, s'apostrophaient, corrigeaient leurs enfants, se mouchaient, toussaient, répandaient leur haleine, leurs microbes et leur odeur. Il restait assis sur l'une des chaises de plastique, observait les patients. Il sentait monter en lui un sentiment nouveau, qui ressemblait à du dégoût. Mais ce dégoût était d'un type particulier, il le déstabilisait, l'obligeait à s'agiter sur son siège. Nico se savait différent de ces gens, n'aurait pas supporté de leur ressembler, à cause de leurs vêtements, les couleurs, les foulards, les pieds nus dans les chaussures, le henné sur les mains. Et c'est lui que sa mère faisait attendre, son fils Nico qui, visiblement, ne comptait pas plus que les souffreteux, les fragiles, les déprimés qui campaient du matin au soir à notre porte. Ma mère faisait entrer femmes et enfants, rassurait les uns et les autres, écoutait les plaintes. Les femmes avaient surtout besoin de parler, d'épancher leur douleur. Elle avait le plus grand mal à obtenir qu'elles se déshabillent. Elles se débarrassaient à contrecœur de leurs couches successives de vêtements. Elles rechignaient à se laisser toucher. Leur prendre la tension était une aventure, elles poussaient de petits cris, se redressaient d'un coup sur la table d'examen. Ma mère les aimait bien, elle savait leur solitude. Elle les arrangeait quand elles n'avaient pas de quoi payer.

Heureusement, il y avait les vacances chez mémé Louisette où personne ne nous forçait à endurer quoi que ce soit. Chez mémé, c'était le même décor que sur les bouteilles de lait, une barrière, une ferme avec des géraniums aux fenêtres, des vaches dans un pré, un chemin. Des flaques sur le chemin.

Nous étions le plus souvent lâchés dans la nature, livrés à nous-mêmes. C'était les vacances à la ferme, comme dans les albums de Sylvain et Sylvette, les chapelets de saucisses qui sèchent dans l'appentis, les cadavres de mouches scotchés sur des rubans au-dessus du fourneau. C'était l'odeur du boudin aux pommes qui flotte dans la maison, les grenouilles dans l'abreuvoir, leur coassement à la tombée du jour, les bottes de foin dans la grange et le sourire de mémé à qui il manquait une dent, son tablier bleu à fleurs, ses bottes noires en caoutchouc. C'était la lessive de mémé qui claquait au vent, ses grandes culottes blanches accrochées au fil, les draps étendus sur l'herbe sur lesquels il était fort déconseillé de marcher. Entre la ferme et la mer, un champ de lin changeait de couleur au fil des saisons. Aux abords de la falaise — un secteur qui nous était défendu —, des petits pois sauvages envahissaient les bruyères. Nous les mangions tout crus, c'était assez mauvais. Louisette n'était jamais loin, qui surveillait mine de rien nos allées et venues. Le pépé grimpait sur son tracteur au lever du jour, la casquette enfoncée sur le crâne et en redescendait à midi, affamé. Il retroussait les manches de sa chemise et se lavait les mains avec un savon spécial. Le jus qui en coulait était noir. Il s'asseyait au bout de la table de bois, autour de laquelle nous étions réunis, sortait son Opinel et découpait des tranches de pain avec ses grosses mains. Nous fixions ses ongles sales qu'il venait pourtant de passer sous l'eau et prenions l'air effarouché des enfants de la ville. Nous dormions à l'étage dans une chambre sans chauffage dont la fenêtre donnait sur les champs. Un crucifix en bois était suspendu au-dessus de chacun des deux lits. Dans la table de chevet, il y avait une Sainte Vierge phosphorescente dont nous brandissions la silhouette bleutée une fois la lumière éteinte. Nous nous disputions pour la manipuler, nous en abusions (si je puis dire), nous lui infligions le même traitement qu'à un soldat de plomb, c'était notre Playmobil. Elle subissait tous nos assauts, se soumettait à nos délires, à nos gestes blasphématoires. Elle virevoltait dans les airs comme une libellule, rampait sous nos draps, s'égarait dans le coton de nos maillots de corps, disparaissait dans notre bouche, réapparaissait, propulsée telle une catapulte, jusqu'à ce qu'elle rate son envol et s'écrasant sur le sol, se fracture le bassin. Le dimanche, nous accompagnions mémé à la messe, parfois le pépé venait aussi.

Il nous fallait marcher jusqu'au village, le plus souvent arc-boutés sous le vent et la pluie. Mémé tentait de nous abriter avec un parapluie auquel elle se cramponnait. Nous nous serrions contre elle et respirions son odeur. Il arrivait qu'une connaissance passe sur la route et nous propose de nous conduire. Nous nous entassions alors à l'arrière de la voiture, avec le parapluie dégoulinant sur les genoux et dessinions en cachette des dessins sur la buée des vitres. L'âme charitable nous déposait devant l'église où nous avions la consigne de pénétrer dans le plus grand silence.

Avant que mes parents divorcent, ils ont eu l'idée de déménager. Tout recommencer à zéro. Un lieu nouveau, un regard neuf. Ce qu'ils supportaient depuis dix ans leur paraissait soudain insupportable. Le poêle à gaz au milieu de l'entrée, le bruit de la rue qui passait sous les fenêtres, les trois étages sans ascenseur, le quartier mal fréquenté. C'est mon père qui a lancé l'idée. Il rêvait d'accéder à un meilleur standing : interphone, entrée de l'immeuble en pierre marbrière, miroir dans l'ascenseur, garage en sous-sol, terrasse, suite parentale. Il faisait miroiter à ma mère les avantages d'une petite résidence neuve, à deux pas de la plage, il lui faisait croire que la vie serait différente, adoucie. Il s'armait de sa calculette, bluffait sur les prix du mètre carré. Ma mère protestait, elle refusait de vivre dans un logement tiré à quatre épingles, sur un bord de mer désolé en hiver, loin des magasins, des écoles, loin des gens. « Et mes patients, qu'est-ce que j'en fais ? » demandait-elle. Il apportait des arguments, le chauffage central, la cuisine américaine, les avantages du duplex, le garage pour sa Toyota Corolla. Ma mère, sceptique, s'interrogeait : « Ça nous fait rembourser combien par mois ? » Elle se mettait à rêver du lieu idéal, plus clair, plus doux, plus rassurant, un lieu dans lequel sa vie prendrait une dimension nouvelle. Elle refusait le standing, elle avait envie d'un appartement avec une cour, avec un arbre dans la cour. Elle ne parlait plus que de cela, le cerisier qu'elle planterait dans la cour et qui grandirait sous nos fenêtres. Nous avons visité des cours avec des appartements autour, toujours sombres, tristes, sans soleil. Elle finissait par admettre que le soleil, ça ne comptait pas, que, de toute façon, il pleuvait tout le temps. Son jugement devenait inquiétant, elle s'obstinait, son ambition se réduisait à planter un arbre. Après les cours, ce furent les impasses, les jardins, puis les places. Elle prétendait savoir enfin ce qu'elle voulait : un appartement face à une place, sans vis-à-vis. C'était devenu le maître mot. Pas de vis-à-vis, surtout pas, soleil du matin au soir. Revirement total, elle ne jurait plus que par l'exposition plein sud. Mon père rectifiait : « Traversant est-ouest, c'est l'idéal. » Elle parcourait les annonces dans les journaux, elle passait ses soirées au téléphone. Elle ne trouvait rien sur les places, c'était toujours sur un boulevard. Ensuite, elle voulut un balcon ou une terrasse, pour y planter des hortensias, pour faire sécher le linge, pour prendre nos repas en plein air. Le balcon devint vital, sans balcon, elle ne pourrait pas vivre, affirmait-elle, un balcon, c'est essentiel, comment avons-nous pu nous en passer ? Elle visitait chaque jour un appartement nouveau, elle nous traînait derrière elle, mon frère et moi, elle supportait nos figures blasées, nos réflexions imbéciles. Nous arrivions chez les gens, n'importe quand, parfois à l'heure du repas. Nous étions reçus comme des princes, on nous demandait nos prénoms, on nous offrait des bonbons. C'était le tapis rouge, les gens voulaient vendre, on voyait qu'ils venaient d'astiquer, ils avaient mis du produit dans les w-c, les cuvettes étaient bleues, ça sentait le *Wizard air neuf*. Nous pénétrions dans leur cuisine, dans leurs chambres, on nous ouvrait même les placards. Les lits étaient faits, impeccables, on venait de passer la serpillière. On nous vantait les mérites de l'appartement, on nous montrait les astuces bricolées par le mari, les portes coulissantes pour gagner de la place, les penderies rotatives, les faux plafonds pour économiser le chauffage. On nous disait c'est le paradis, c'est l'idéal, c'est l'endroit rêvé, on nous parlait des voisins, toujours adorables, sans histoires, on mesurait l'ampleur de notre chance. Nous savions, à la tête que faisait ma mère, si le lieu tenait ses promesses ou s'il était hors jeu. Parfois elle s'attardait, visiblement séduite, elle posait des questions, se faisait préciser la taxe foncière, les charges, le nom du syndic. Mais ça n'allait jamais, il y avait toujours une ombre au tableau. Trop petit, trop bruyant, trop cher, trop isolé, trop vétuste, trop distingué. Ma mère remerciait les gens, s'excusait pour le dérangement, promettait d'en parler à son mari, de donner des nouvelles bientôt. Une fois dehors, la parenthèse était fermée, la vie suivait son cours, nous rentrions à la maison et nous y trouvions bien. Ma mère reprenait ses recherches, elle s'installait près du téléphone. Elle répétait sans cesse la même chose, quatre chambres, profession libérale, chauffage central, sans vis-à-vis, balcon, quatre cent mille francs. On lui proposait des rez-de-chaussée, elle refusait net. Elle avait envie de s'élever au-dessus de la ville, prendre un peu de hauteur, elle rêvait de monter chez elle en ascenseur. Elle finit par admettre qu'elle ne pouvait pas quitter le quartier, il lui était impossible d'abandonner ses patients. Elle prit conscience qu'ils la tenaient clouée dans le périmètre alentour, elle était leur otage. L'idée du déménagement finit par s'évanouir. Le lieu nouveau, le regard neuf tombèrent à l'eau, l'arbre dans la cour, la terrasse avec des fleurs, l'ascenseur.

Comme un projet peut en cacher un autre, notre quotidien fut de nouveau ébranlé, plus fortement cette fois. Ma mère nous annonça la naissance d'un petit frère ou d'une petite sœur pour l'hiver. C'est vrai que ses joues avaient grossi, elle avait pris comme un coup de jeune, elle était moins osseuse, moins coupante, moins nerveuse. Elle prenait soin de quitter ses talons hauts et marchait sans marteler le sol, presque avec calme. Elle fumait moins et portait souvent la main à son ventre, comme pour vérifier que le bébé était bien là. Elle rentrait plus tôt de ses visites, elle allait jusqu'à refuser des rendez-vous et se prélassait parfois sur le canapé du salon. Ses attitudes, ses gestes, étaient inattendus. Elle attirait mon frère jusqu'à elle, l'enveloppait de ses bras, déposait des baisers dans son cou. Il se laissait assaillir, un peu gêné, profitait de son étreinte. Ma mère avait un visage neuf. Ses yeux, dans lesquels flottait une douceur suspecte, semblaient apaisés. Ils ne se cognaient plus contre les murs de la maison comme des insectes captifs qui disaient leur impatience. Ma mère n'était plus ma mère, possédée par un petit être qui la rongeait de l'intérieur, l'accaparait, la berçait d'illusions soudaines. Elle devenait inaccessible, tout entière préoccupée à fabriquer de la chair et du sang. Elle se ramollissait, s'empâtait, elle oubliait d'être elle-même. Une mère qui s'apprête à se changer en mère, accueillant la grande métamorphose comme si c'était la première fois, confectionnant son nid comme on creuse sa tombe. Une mère qui attend l'événement qui prétend sauver son couple. Le petit dernier qui bouge bientôt en elle et qui aura la lourde tâche de retenir mon père, de retenir son père. Il faut écrire notre père, à nous deux, à nous trois. Un père et une mère divisés en plusieurs parts. Il n'en reste qu'une toute petite bouchée pour chacun.

On parla de la naissance, puis on ne parla plus de rien. On ne fit plus aucune allusion, on fit comme si l'hiver prochain n'existait pas. Les joues de ma mère perdirent de leur rondeur, ses gestes retrouvèrent leur rythme impatient. L'accalmie fut de courte durée mais personne ne nous dit rien, comme si nous n'étions pas dignes d'entendre que la bonne nouvelle s'était changée en poussière. Comme si nous n'étions que de petites larves décervelées, des limaces, des têtards. Mais nous savions comment s'enchaînent les mois sur le calendrier, nous savions surtout lire sur le visage de notre mère. Tout nous disait que c'était foutu. Cela nous fit à peu près le même effet que l'histoire de la Vierge Marie qui enfanta par inadvertance. C'était le même scénario, mais à l'envers. L'énigme demeura entière, d'autant plus grande que personne ne venait mettre de mots sur les images qui nous traversaient l'esprit. Nous nous demandions si nous étions en deuil, nous ne savions comment nous comporter. Nous revenait en mémoire la mort brutale de notre grand-père maternel, qui engendra des jours sombres et tristes. Nous nous demandions quel âge avait exactement ce frère ou cette sœur, trois mois, quatre mois ? Nous nous interrogions sur la taille d'un fœtus. Mon frère me demanda où était le bébé s'il n'était plus dans le ventre de notre mère. Qu'est-ce qu'on en fait ? Si on ne l'enterre pas au cimetière, est-ce qu'on le jette ? Dans quelle poubelle ? Est-ce qu'on le brûle ? Peut-être s'était-il résorbé tout seul à l'intérieur du ventre, à moins qu'il ne soit tombé dans les w-c ou enfermé dans une valise sous le lit de nos parents. Nous nous demandions à quoi ça sert d'être médecin, visiblement, ça n'avançait à rien. Mon frère se mit à faire des rêves (il fallut insister pour qu'il accepte de m'en livrer des bribes au matin), puis toujours le même rêve, le fœtus qu'on jette au feu, les flammes qui dévorent le bébé, ma mère qui se précipite dans les flammes avec des ongles crochus et les cheveux défaits.

Ma mère se débattait avec son histoire, elle se contorsionnait, jouait les équilibristes. Elle mit de la distance entre elle et nous, et renoua avec sa vie d'avant, encombrée, saturée, épuisante. Elle s'enferma des heures dans le cabinet médical, les patients défilaient comme jamais, ils se croisaient dans les escaliers. Il y avait ceux qui montaient péniblement les marches, la mine défaite et l'œil éteint, et ceux qui dévalaient les escaliers avec leur ordonnance à la main. Il y avait le cri des enfants, le cri des mères, les injonctions lancées en langue étrangère, les menaces, les lamentations. La porte vitrée qui séparait l'appartement du cabinet médical laissait filtrer tous les excès, les voix se frayaient un passage jusqu'à nos oreilles, les ombres dansaient derrière le verre dépoli, les silhouettes des hommes en djellaba glissaient en silence. La vie reprenait comme avant, ma mère et ses rendez-vous, mon père et ses rendez-vous et nous au milieu qui nous glissions dans les interstices, qui tentions de colmater les trous.

Notre vie se partage en deux périodes. Avant et après le départ de mon père. Comme avant et après Jésus-Christ. Nous sommes restés longtemps à rôder autour de cette ligne de démarcation, nous demandant ce qui avait changé. Nous avions pris l'habitude de ne pas nous appesantir, de ne pas enfoncer le clou. Nous adoptions des tournures de phrases parfois compliquées pour ne pas prononcer certains mots, nous cultivions l'art du sous-entendu, nous nous contentions de dire « avant » tout simplement, comme si mon père était mort, nous craignions de remuer le cadavre. Notre rapport au temps avait changé, il ne s'écoulait plus, lisse et inconsistant, comme une ligne droite qui tend vers l'infini. Le temps n'était plus cet allié discret qui nous porterait au-delà de l'enfance. Il s'était arrêté net, nous conduisant prématurément à destination, nous larguant en rase campagne. Pour ne pas nous perdre en route, nous nous cramponnions aux événements immuables, faibles balises qui jalonnaient la route de notre quotidien : les migraines de ma mère, ses quintes de toux le matin, les allées et venues des patients dans l'escalier. Des points de repère qui nous prouvaient que nous n'avions pas changé, que la vie poursuivait son cours quoi qu'il arrive. Pour ne pas consommer la rupture, Nico perpétua les séances de piquet au fond du couloir, ce qui me paraissait étrange. Une fois notre père enfui, volatilisé, disparu, une fois notre père confisqué, débiné, délivré, Nico eut grand mal à refaire surface. Il fut privé de la force et du regard que lui opposait mon père, il cessa de se cogner contre un mur, mais voulut reconstruire le mur, infranchissable, qui lui renverrait l'écho de l'enfance. Il commença par réclamer à ma mère les punitions qu'il ne recevait plus. Il la provoqua, la poussa à bout, l'obligea à sévir. Ma mère, encore meurtrie par le chaos, ne comprit pas où l'entraînait son fils. Elle flottait entre deux eaux, comme une Ophélie illuminée. Elle était égarée. Elle n'avait pas l'énergie de se prêter aux corridas d'antan. Elle se déplaçait dans la maison à petits pas mal assurés, comme si elle jouait à colin-maillard. Elle assuma très mal le rôle que mon frère lui assignait, tout occupée à survivre, remettre un peu d'air dans ses poumons, un peu de sang dans ses veines. Nico la trouva minable, décevante, il se sentait trahi, il se croyait abandonné. Il aurait voulu que ma mère ne voie que lui, qu'il soit son unique souci. Il aurait voulu qu'elle devienne mère et père à la fois, paix et rage, tempête et accalmie. Mais les colères épuisaient ma mère, les conflits l'anéantissaient. Elle était incapable de changer de registre, d'improviser. Il lui fallait du temps pour réapprendre à vivre. L'attitude de Nico changea. Il mit au point une tactique nouvelle : puisque les autres n'accédaient pas à ses exigences, il y répondrait lui-même. Ne pouvait-il pas, après tout, se décréter père et fils à la fois ?

Il fixa les limites à ne pas dépasser, décida des sanctions. Il devint son propre maton, fit preuve d'une intransigeance maladive. Il s'intallait face au mur, demeurait immobile les mains sur la tête, puis, estimant que la punition avait assez duré, s'autorisait à recouvrer la liberté. Il inventa même des châtiments auxquels mon père n'aurait pas songé : l'obligation de garder le silence, par exemple, n'adresser la parole à personne, ni à ma mère ni à moi. Nico décrétait lui-même de l'application des peines, il était son accusateur et son avocat, il était son seul juge. Il convenait aussi des amnisties, des relaxes exceptionnelles. Chaque faute avait son prix. Il agissait en fonction de ce qu'il croyait bon, réinventait les notions de norme et de justice, de bien et de mal. Il était impitoyable, refusait toute compromission, toute dérogation, tel l'avocat général. Nico devenait rigide, borné. Il croyait que la punition effaçait la faute, comme les croyants devant Dieu récitent à tour de bras des Notre-Père à la sortie des confessionnaux. Il se débattait pour ne pas tomber entre les griffes de la solitude. Il tentait de conjurer l'absence en réincarnant le père enfui.

Nico ne trouvait plus sa place dans le triangle qui réglementait désormais notre existence. Il se recroquevillait dans les angles aigus. Il cessa de grandir. Il était exsangue, concave, comme aspiré de l'intérieur, il promenait son squelette avec dégoût, il disparaissait sous des vêtements trop larges. Ses articulations nous sautaient aux yeux, ses genoux surtout jetaient la pagaille dans sa silhouette, des genoux plus gros que les cuisses. Nico était à l'étroit dans ce corps fragile, il voulut inverser le processus, donner de l'ampleur à cette carcasse ingrate, prête à le lâcher à tout instant. Il rêvait de puissance, il rêvait d'un corps à la mesure de la mission qu'il se promettait d'accomplir. Il s'infligea une conduite sévère pour remonter la pente, il ne tolérerait aucun relâchement, aucune excuse. Ma mère, qui s'inquiétait, lui recommanda de faire du sport, basket ou natation, foot, judo, athlétisme. Il refusa en bloc, il avait mieux à faire que de se donner en spectacle sur des terrains de sport. Il préférait souffrir en silence, dans l'isolement de sa chambre. Il s'imposa un entraînement rigoureux qui commençait par une série de pompes chaque matin au réveil. Je l'entendais souffler derrière la cloison, ouvrir la fenêtre pour ne pas s'asphyxier. Il allongea la série, la doubla. Il inventa ensuite la génuflexion (ça c'est pour les cuisses), les fesses sur les talons cinquante fois de suite à un rythme soutenu. Il terminait par une séance d'abdominaux, ventraux et obliques. Les mains derrière la tête, il levait les jambes en cadence. Pas question de flancher, pas même de ralentir. Il n'aurait pas supporté de se trahir lui-même. Nico s'infligeait le même programme le soir au coucher, en pyjama. Son corps, rebelle, ne changea pas, aucun biceps ne se dessinait sous la peau, aucun pectoral ne venait renfler sa poitrine. Il stationnait devant le grand miroir de l'entrée et ravalait chaque jour sa déception. Il ne grandit pas. Il resta mon petit frère d'un mètre trente, taille à laquelle il demeurerait bloqué pendant près de deux ans. Moi, je le trouvais parfait comme ça. Nico convint que la musculation n'était pas bonne pour la croissance. Il cessa les pompes au profit des étirements. Il mit au point des mouvements moins violents mais tout aussi douloureux, il resta par exemple de longues minutes suspendu à une barre qu'il avait installée dans sa chambre, comme un koala agonisant. Il confondait l'efficacité des mouvements avec le degré de souffrance qu'ils lui procuraient. Je crois qu'il vivait cet entraînement intensif comme une mise à l'épreuve censée le faire expier une faute qu'il était persuadé d'avoir commise. Il finit par modifier son régime alimentaire qui se réduisait au strict minimum. Il parvint à avaler de plus grandes quantités de nourriture, il persévéra sur le registre de la viande qui, d'après ce qu'il en savait, lui serait d'un grand secours. Mais les biftecks hachés et les œufs sur le plat qu'il mangeait bien cuits ne vinrent pas à bout de son asthénie. Il demeura petit, maigre, pâle et désespéré. Ma mère le convoqua dans son cabinet pour endiguer la dérive.

Même à distance, une fois la rupture consommée, mon père continuait d'inoculer son venin. Il était désormais installé dans une petite ville, une cinquantaine de kilomètres plus au nord, probablement en compagnie d'une nouvelle femme. Ma mère nous bassinait avec la question de la pension alimentaire. Nous n'entendions plus parler que d'argent, de remboursements, de factures. Nous savions à présent combien coûtait notre scolarité, le loyer de l'appartement, une paire de baskets neuves, la facture de téléphone, le rôti de veau. Nous étions sommés de ne rien gaspiller, ni les feuilles de nos cahiers, ni la lumière électrique, ni l'eau chaude de la douche sous laquelle j'aimais m'attarder. Nous comprenions que le départ de mon père était à l'origine de ces lois draconiennes nouvellement promulguées. Nous craignions d'user la télévision quand nous la regardions, nous pensions à la longévité de notre matelas quand nous nous retournions dans notre lit. Nous n'étions pas dupes, nous savions que, malgré sa peine, ma mère ne mollissait pas. Elle n'était pas disposée à se faire rouler. Elle se servit de nous pour garder le contact avec notre père, nous suggéra de lui écrire, de lui donner régulièrement de nos nouvelles. Le droit de visite lui permettait de nous enlever deux week-ends par mois. Mais la mise en route de ce scénario insolite prit un certain temps. Il fallut roder la machine. Mon père prétexta mille excuses pour retarder l'exécution de son devoir : le Salon de l'auto à préparer, le séminaire en région parisienne, la grippe qui le clouait au lit. Cela nous arrangeait, mais nous vexait aussi. Ma mère se mettait en colère, elle tournait dans l'appartement, se rongeait les ongles, passait l'aspirateur dans toutes les pièces pour se calmer les nerfs, traquait recoins et tapis, placards et penderies. Il nous restait à écrire, maintenir le fil, pour ne pas compromettre la pension alimentaire. Nous nous prêtions de mauvaise grâce à la corvée de la-lettre-à-papa. Je suggérai d'écrire une lettre commune, pour aller plus vite, mais mon frère décida qu'il avait des choses personnelles à régler. Nicolas, bientôt treize ans, un homme en puissance, ne prenait pas les choses à la légère. Il allait se vouer corps et âme à cette correspondance, puisqu'on l'y obligeait, il allait dialoguer à distance avec son père, prendre tous les risques. L'exercice de l'écriture lui était douloureux, voire insurmontable. La bête noire de l'écriture, le tracas, la peur d'inscrire sur le papier des paroles définitives, des preuves, des sentences irréfutables. Il mesurait le poids de chaque mot, le miroir tendu, l'aveu de son incapacité à dire le monde, un monde distordu qu'il retranscrivait avec ses manques et ses imperfections. Il s'affolait face au champ des possibles. Cet effort de précision, cette cavalcade des signes le paralysaient.

Cher papa,

On attens les vacances. On sait pas si on poura allé chez Louisette, on en discute. On a gagné un cerf-volant à la station Esso. Ça tombe bien l'autre étais foutu. On va sur la falaise avec. Je vais très bien. J'ai eu le rapel de la polio + tétanos, c'est plus une piqure c'est un sucre. De toute fasson, je crain pas d'avoir mal, au contraire. Je m'endurssi. Il faudrais nous dire pour juillet ce que tu conte faire, si sait Louisette qui nous prend ou si tes en congé.

Mais surtout je vais bien. Je suis déjà bronzé, avec le soleil qui la fait. Toute la famille aussi. On va faire une colo, on attens pour les dattes. J'espère que ton chifre d'afaire est bon et que tu pouras acheter la nouvelle Toyota.

Nicolas.

Cher Nicolas,

Je vois que tu n'as pas fait de progrès en orthographe. J'espère que tu ne vas pas redoubler. Visiblement, tu ne penses qu'à l'amusement. Jouer au cerf-volant ne te servira à rien plus tard, alors qu'étudier te serait plus utile. Mais je conçois qu'il te faut des occupations de ton âge. Je te renvoie ta lettre, avec tes fautes corrigées (des fautes que tu ne devrais plus faire), j'espère que cela te sera profitable.

Pour juillet, c'est compliqué au travail. Je pourrai peut-être obtenir la deuxième quinzaine en congés et le début du mois d'août, mais rien n'est encore sûr. On fera un petit périple sur le littoral avec ta sœur, si vous êtes d'accord et que les dates conviennent. J'ai demandé à mémé pour les vacances, elle n'y voit pas d'inconvénient. En août, ça les arrangerait pour les moissons. Il faudrait voir avec votre mère.

Pour la Toyota, c'est pas pour tout de suite.

Grosses bises de papa.

P. -S. : Tu diras à ta mère de t'acheter un cahier de devoirs de vacances.

La lettre que Nico avait écrite était pliée en quatre dans l'enveloppe, renvoyée à l'expéditeur, avec en rouge les corrections. Ça ressemblait à un devoir annoté, raturé, renié, ça sonnait comme une sanction.

Nico disparut pendant deux jours et deux nuits. Ce fut l'une de ses fugues les plus inquiétantes. Nous nous demandions s'il était allé rejoindre mon père pour régler ses comptes. Ma mère était perdue. Elle ne savait que faire, aviser mon père ou pas. Je me souviens d'une longue discussion très âpre, le soir dans ma chambre, assises toutes deux sur mon lit, puis d'une nuit blanche, agitée. Ma mère furieuse contre mon père bien sûr, ma mère qui retenait ses larmes, et moi en train de temporiser, tenter de la persuader qu'il fallait avoir confiance en Nico. Ma mère qui m'avouait que Nico lui faisait peur. « Quand il est en crise, on ne sait pas de quoi il est capable », disait-elle d'une voix brisée. Elle me raconta quand Nico était petit, ses colères, ses menaces, ses caprices, elle me rappela des instants que j'avais oubliés, dont j'avais gardé une mémoire un peu trouble. Cet été chez Louisette, Nico devait avoir cinq ans, il s'enfonçait des épines de rose dans les doigts, jusqu'au sang, il essayait de ne pas pleurer. Et ce jour où il avait décidé de brûler dans la cheminée tous ses jouets de bébé. Elle l'avait trouvé près du feu, fasciné par les peluches et les canards en plastique qui se consumaient en dégageant une fumée nocive. Elle l'avait arraché au spectacle, comme on arrache un corps à l'incendie, elle était restée calme, elle était bouleversée. Elle l'avait pris par la main, l'avait serré contre elle, elle ne savait plus parler. Ma mère ne se décidait pas, appeler ou ne pas appeler mon père. Peser le pour et le contre. Ne pas savoir, ne plus être sûre de rien. Elle redoutait la voix de mon père, qui assènerait des vérités premières, énumérerait des grands principes, enfoncerait toutes les portes ouvertes. Elle voulait bien que je téléphone, moi, ça la soulagerait. Mais personne ne décrochait à l'autre bout du fil, il était bientôt onze heures du soir et notre appel demeurait sans réponse. Nous passâmes le reste de la nuit près du téléphone, à prier pour qu'il sonne. Nous étions larguées dans le noir, nous buvions du thé et émettions des hypothèses. Je ne dis rien à ma mère mais pressentais que Nico avait gagné le bunker, un endroit que les parents ne connaissaient pas.

Nous avions découvert le bunker quand nous étions gosses, au hasard d'une promenade. Nous nous étions écartés du sentier, nous étions faufilés dans l'ouverture, nous étions pincé le nez à cause de l'odeur, l'odeur saturée de la mer à marée basse. Nous avions sursauté, nos cœurs avaient bondi dans nos poitrines quand nous nous étions retrouvés face à un gros oiseau blanc qui cherchait la sortie. Nous nous étions pour ainsi dire heurtés, il agitait les ailes dans la pénombre, affolé, il remuait la tête, nous fixait d'un œil mauvais. Nous nous étions fait tout petits contre la paroi, nous lui avions cédé la place, nous étions là comme des intrus, prêts à s'excuser. L'oiseau ne se décidait pas à abandonner le bunker, il insistait et je crus un instant qu'il allait passer à l'attaque. Nous ne voyions plus que son bec menaçant et ses ailes immenses qui claquaient dans l'obscurité. Nous comprîmes qu'il cherchait à défendre le nid qu'il avait construit à même le sol dans lequel il y avait des œufs. Nico remua les bras pour l'impressionner et nous nous dirigeâmes instinctivement vers l'air libre, abandonnant le bunker et l'oiseau, alors que ma mère, inquiète, criait déjà nos prénoms. Nous n'avons rien dit aux parents, nous avions un secret, nos yeux brillaient. Nico est souvent retourné au bunker, mais l'oiseau et le nid avaient disparu. Il aimait s'installer sur la plate-forme de béton, camouflé sous les herbes, et observer le ciel, la mer et les goélands. Quand l'air à la maison devenait irrespirable, il ne cherchait plus à lutter, à soutenir nos regards, il savait où se terrer. C'est dans le bunker que Nico a fumé ses premières cigarettes, bu ses premières canettes de bière.

A présent que chaque geste passé prend un sens différent, à présent que Nico nous a montré son vrai visage, me revient en mémoire une fin d'après-midi où, enfermés tous deux dans ma chambre, nous étions occupés à brûler les fourches de mes cheveux. Nico avait pour mission d'égaliser les pointes après les avoir torsadées, ce qui était une opération délicate mais qu'il n'aurait manquée sous aucun prétexte. Il opérait avec un briquet, plus pratique que la grosse boîte d'allumettes avec laquelle nous avions d'abord eu l'idée d'officier. Nico, à son âge (peut-être neuf ans), n'avait pas le droit de jouer avec un briquet, mais en tant que sœur aînée, j'en assumais la responsabilité, persuadée que les risques étaient infimes. Nico s'appliquait, il aimait rendre service, surtout dans le cadre d'une mission aussi périlleuse. Il isolait chacune des mèches, allumait la flamme, prenait garde de ne pas se brûler. J'entendais sa respiration derrière ma nuque. Il était tout entier concentré sur sa tâche. Je percevais le signal de la petite molette du briquet quand il l'allumait et j'avais comme une réticence minuscule, une appréhension légère. Il avait une patience étonnante, une rigueur extrême, il allumait, frottait, examinait. Il brossait mes cheveux, les lissait avec le plat de la main, évaluait l'avancée des opérations. Il proposait de revenir sur les mèches rebelles, insistait pour les brûler une deuxième fois, tel un artisan maniaque. Je trouvais que ça devenait trop long, je proposai de faire une pause, d'aller manger des chocos. Nico ne voulait pas s'interrompre, il assurait qu'il avait bientôt fini. J'insistai, à cause de cette odeur de cramé qui me montait à la tête. Nico refusa net, s'agrippa à mes cheveux et exigea que je demeure à ma place. Je sentais que ça tournait mal, et que, comme souvent, nous allions finir par nous battre, nous insulter, nous claquer la porte au nez. Nico m'ordonna de ne pas bouger, il appuya ses mains sur mes épaules dans un geste brusque, me tordit les poignets, il me tenait à sa merci. Je ne pouvais plus me débarrasser de ce frère autoritaire qui se comportait avec moi comme un bourreau avec sa victime. Je ne parvenais pas à trouver la force de le faire sortir de ma chambre. Je voulais qu'il parte mais je voulais qu'il reste aussi, je lui demandais de dégager mais c'était pour mieux le retenir. J'étais partagée, indécise. Mon frère, qui me tenait entre ses mains, voulut en finir avec cette histoire de cheveux. Quand j'y repense, j'ai l'impression de deux amoureux incapables de se dire qu'ils s'aiment, deux êtres encombrés par des sentiments dont ils ne savent que faire. Nico, avec un sérieux implacable, isola une mèche et remit le briquet en marche. Je ne sais comment il opéra, mais la flamme, sans doute mal réglée, se propagea au col de ma robe. Je sentis une douleur derrière la nuque, sans comprendre qu'il s'agissait d'une brûlure. Je poussai un cri sauvage, un peu exagéré, me mis à gesticuler dans tous les sens, à tourner sur moi-même quand je compris que mes vêtements et mes cheveux prenaient feu. J'eus l'idée, presque instantanée, d'enlever ma robe qu'il me suffisait de passer par la tête pour m'en défaire. Les flammèches, qui avaient du mal à se maintenir sur le tissu, s'éteignirent aussitôt. J'étais à présent en culotte devant mon frère, torse nu, avec ma poitrine naissante, qui déjà aurait demandé l'assistance d'un soutien-gorge. Mon frère ne bougeait pas, il était comme hypnotisé par le spectacle qu'il venait de provoquer. Ses bras pendaient le long de son corps et sa figure, impassible, me fit peur. Ses yeux, cependant, s'arrimaient fermement à la courbe timide de mes seins, il n'y avait aucun doute, mon frère prenait conscience de l'existence de mes seins.

Ma mère en faisait une fixation : Nico refusait d'ouvrir la bouche. « Ce gosse n'avale rien, se lamentait-elle, ce gosse va y laisser la peau. » Nico jouait avec la nourriture, il construisait de savantes architectures dans son assiette, avec de la purée, il traçait des routes avec sa fourchette, des voies de chemin de fer, des passages à niveau. Le jus de viande stagnait en de petites mares qu'il reliait entre elles par d'étroits canaux. Il mastiquait la viande, mastiquait, mastiquait, sans que le morceau ne se fraie jamais un passage vers son estomac. Il mastiquait comme d'autres crient à l'aide, sans aucune conviction. Il levait alors des yeux coupables dans lesquels on lisait une détresse infinie. L'immensité du malheur de cet enfant qui ne pouvait donner ce qu'on espérait de lui. Il implorait ma mère en silence, désolé de la décevoir une nouvelle fois, il attendait qu'elle fasse un geste, qu'elle décide de le sauver. Elle lui permettait in extremis de se débarrasser de son fardeau, lui désignait la poubelle de la cuisine. Mon frère se levait d'un bond et lui était d'une reconnaissance contrite. Il regagnait la table, tripotait la serviette nouée autour de son cou et se préparait à affronter la prochaine épreuve. Fromage ou dessert : même combat. Nico noyait les petits-suisses sous une montagne de sucre et mélangeait abondamment le tout pour gagner du temps. Quand l'œil de ma mère tournait au rouge, il portait la cuiller à sa bouche, la léchait sans plaisir et renouvelait l'opération jusqu'à ce que la séance soit levée. Ce scénario n'était valable qu'en l'absence de mon père, c'est-à-dire le plus souvent à midi. Quand il siégeait à table, il en allait autrement. Mon père n'entendait céder sur rien, il expérimentait les premières armes de son autorité. Nico était son cobaye, un petit animal craintif mais buté qui donnait un gros écheveau de fils à retordre. Ma mère passait les plats avec appréhension. Elle nous servait, se réservant l'assiette de Nico pour la fin. Elle y déposait une infime quantité de nourriture, pour ne pas faire d'histoire. Parfois, mon père, distrait par les soucis ou trop fatigué par sa journée de travail, était d'une indulgence suspecte. Nous suspendions notre respiration, priant pour que rien n'arrive. Cet exercice de contraction de l'estomac nous coupait l'appétit. Ma mère s'arrangeait pour faire diversion, elle amenait des sujets de conversation, faisait mine de s'intéresser aux voitures que vendait mon père, posait des questions, donnait son avis. Elle déployait un arsenal de subterfuges pour que ses yeux ne tombent pas sur l'assiette de Nico qui se ratatinait sur sa chaise. L'assiette de Nico nous crevait les yeux, elle devenait obsession, elle était comme une tache sur la nappe, une bombe à retardement. Ce que nous craignions arrivait immanquablement. Une fois, deux fois par semaine ? Cela dépendait de l'humeur de mon père. Comme si la présence de Nico ne lui servait qu'à étancher le trop-plein de frustration qu'il accumulait au fil des jours. Nico était sa soupape de sécurité, son jouet. Souvent, ça arrivait sans prévenir, nous n'avions rien vu et la guerre était déclarée. Mon père semblait soudain se souvenir qu'il avait un fils, c'était même une aubaine, ce petit être qui s'agitait sur sa chaise, dénué d'arguments et de force, un enfant qui ouvrait tout juste les yeux sur le monde. Si parole il y avait, elle était cinglante, une entrée en matière dont le petit être ne se remettrait pas. Ma mère court-circuitait immédiatement la tentative d'anéantissement. Elle arrondissait tous les angles, portait tous les drapeaux. Mais sa voix faiblissait au fur et à mesure que la tempête se levait. Et l'on n'entendait bientôt plus que les phrases abominables de mon père, les phrases insensées, les mots blessants, les comparaisons ignobles, les menaces terrifiantes. Les paroles ne suffisaient jamais à mon père, même des paroles qui vous transperçaient de part en part. Il lui fallait se servir de son corps, comme si le pouvoir des mots n'était qu'un poids mort, une bagatelle. Alors qu'il aurait suffi à provoquer tous les ravages. L'étape suivante consistait à plonger le nez de mon frère dans son assiette et prolonger le plongeon pour qu'il en ressorte sali et humilié. Mon frère relevait la tête, laissait dégouliner la sauce qui se mêlait à ses larmes. Je n'osais rien dire. Ce spectacle obligé m'écœurait, je me retenais de ne pas quitter la table. Il m'est arrivé une fois de crier : « Arrête ! » Mais ce cri, sorti de ma gorge sans que je l'aie décidé, n'a rien provoqué, ni l'interruption de la séance, ni l'intervention de ma mère. Seul Nico a tourné la tête vers moi. Nos regards se sont croisés, emplis de la même douleur, trahissant l'envie de grandir au plus vite, d'en finir avec la soumission. Mon père aimait aussi pincer le nez de Nico pour qu'il soit contraint d'ouvrir la bouche sous peine de périr asphyxié. Ses gros doigts aux phalanges poilues s'engouffraient dans la brèche, l'écartait malgré la pression des mâchoires qui tenaient bon, et y glissait la nourriture qui lui tombait sous la main. Il lui maintenait ensuite la bouche fermée, comme s'il avait affaire à la gueule d'un chien, imaginant que Nico allait se faire un plaisir d'avaler. Mon frère suffoquait bientôt, le rouge lui montait aux joues, ses mains se cramponnaient à la table. Je ne supportais pas, j'avais peur que la torture tourne mal. Et ma mère qui était debout, près de l'évier, qui nous tournait le dos, tanguait d'un pied sur l'autre et semblait regarder par la fenêtre. Nico finissait par tout recracher dans son assiette sous les menaces de mon père. S'il avait pu recracher son estomac, il serait venu avec. Plus rien ne bougeait dans la cuisine, nous étions pétrifiés.

Nous redoutions les dimanches, longs jours mornes et silencieux, sans rythme, sans téléphone, sans circulation sous nos fenêtres. Rien ne nous poussait à nous lever, à nous bouger, rien ne nous disait rien. Ma mère et mon père ne se manifestaient pas avant neuf heures du matin. Les gestes quotidiens étaient bouleversés, remplacés par d'autres gestes, plus lents, laborieux, approximatifs. C'est mon père qui préparait le café. Il tenait à moudre le grain lui-même dans un petit moulin dont il poussait le moteur à bout. (Plus tard, il se résigna au café moulu, mais se plaignit de l'altération du goût.) Ma mère venait nous voir dans nos chambres, elle ouvrait nos volets et éteignait la lumière avant que notre père n'intervienne. Elle avait sa figure du dimanche, les cheveux ébouriffés, les traces de l'oreiller sur la joue, la bouche molle mais souriante. Les dimanches commençaient toujours bien, dans une apparente harmonie. Il y avait parfois un rayon de soleil de l'autre côté des vitres. C'est plus tard que les choses se gâtaient, une fois les gestes obligés accomplis, une fois le rituel du toilettage-habillage expédié. Nous sentions que cette belle entrée en matière allait doucement se craqueler, c'était trop beau pour être vrai. Nous savions que la journée allait pourrir lentement, à cause de la profusion de temps dont nous disposions, à cause de toutes ces heures à occuper, qui se profilaient comme une menace, un défi à relever. Rien n'était urgent, il n'y avait pas de priorité, si bien que nous n'accomplissions rien le plus souvent, paralysés par l'inertie, empêchés. Notre seule ambition était de ne rien faire, mais il nous était impossible de ne rien faire ensemble. Nous nous croyions tenus de trouver une occupation commune, nous avions le devoir de partager. Alors la question revenait, posée le plus souvent par ma mère : « Qu'est-ce qu'on pourrait faire ? Qu'est-ce que vous avez envie de faire ? » Il fallait trouver de nouvelles idées chaque dimanche, cinquante-deux idées par an, ça donne le vertige. Mon père commençait par descendre acheter le journal et ne revenait qu'à l'heure du déjeuner, ce qui énervait ma mère. Dans le journal, il y avait une rubrique : *Où aller ce dimanche ?* Nous avions le choix : brocantes, fêtes du cheval, du cochon, du mouton, carnavals, meetings aériens, fêtes du cidre, baptême de l'air en montgolfière... Mon père disait : « On va d'abord boire l'apéro, c'est dimanche. » Il trinquait avec ma mère, on nous servait un jus de fruits. Pendant le repas, on parlait d'autre chose ou on ne parlait de rien. Mon père était guilleret, grisé par l'alcool. La question revenait à intervalles réguliers : « Alors qu'est-ce qu'on fait ? » On n'avait pas envie de sortir dans le froid battre la campagne, on serait bien restés devant la télé. Et chez Louisette, on peut y aller ? Mon père répondait que non, que c'était trop loin, que le dimanche, c'était fait pour souffler. Ma mère insistait : « On va pas rester enfermés toute la journée. » On tournait la tête mollement, on était en pleine digestion. Mon père s'endormait déjà sur le canapé, la ceinture du pantalon défaite. Nico, couché sur son lit, lisait *Les Schtroumpfs*. Après, il *schtroumpfait* toute la journée. Je mettais en route mon minicassette, je fermais les yeux et fredonnais les tubes enregistrés à la radio. Ma mère retournait dans la cuisine, se rabattait sur la vaisselle. Après, il était trois heures, le jour qui tomberait bientôt en hiver, les Parisiens sur la route en été. Il y avait toujours un inconvénient, un empêchement, un contretemps. Il y avait la chaussée glissante, l'entrée payante, le vent glacé. Il y avait nos visages ahuris, nos membres engourdis. La belle énergie de ma mère faiblissait, ses projets de promenade, de visite, s'amenuisaient. Elle finissait par ranger la maison, elle classait des papiers, passait la serpillière, triait le linge sale. Elle mettait une lessive en route et, dans un ultime sursaut, annonçait qu'elle allait marcher jusqu'à la mer, qu'elle n'en pouvait plus, qu'elle allait devenir folle. Nous l'accompagnions le plus souvent, pour ne pas la laisser s'éloigner seule, pour ne pas entendre la machine à laver en train d'essorer, mais aussi par instinct de conservation. Nous savions qu'un dimanche sans sortir serait une journée gâchée. Nous serions taraudés, le soir, par le sentiment d'avoir perdu notre temps, nous aurions mal à la tête. A force d'inaction, nos nerfs seraient à vif et nos estomacs, alourdis par les pâtisseries, crieraient à l'aide. Chacun reprocherait à l'autre son inertie, chacun accuserait l'autre d'être responsable du malaise qu'il éprouve. Ma mère aurait des soupirs, des gestes emportés, des regards assassins, mon père aurait la riposte facile. Nous nous chaussions et descendions les trois étages en courant, nous tournions au bout de la rue et rejoignions le chemin qui conduit à la mer. Nous inspirions une grande bouffée d'oxygène pour bousculer nos idées noires. Nous avancions tous les quatre sans rien dire, les mains dans les poches. Nos silhouettes progressaient sur le haut de la falaise dans le soleil déclinant. D'autres familles se trouvaient là, marchant en silence les uns contre les autres. Toutes les familles de la ville se succédaient en ce point précis où la terre avance vertigineusement au-dessus de la mer. Les parents retenaient leurs enfants, poussaient des cris, finissaient par se fâcher. On aimait flirter avec le danger, éprouver la sensation du vide. Ma mère promettait de nous emmener à Etretat pour nous montrer une falaise encore plus abrupte, un vrai cauchemar de falaise. Une autre fois, nous irions à Etretat, il faudrait partir le matin, pourquoi pas dimanche prochain ? Nico traînait derrière avec sa sarbacane, il *schtroumpfait* à droite à gauche. Mon père, qui n'aimait pas marcher, qui ne pouvait pas passer les vitesses et faire crisser les pneus, accélérait le pas pour être de retour à l'heure de *Télésport*.

Ce n'était pas si mal, finalement, quand mon père était à la maison. Au moins, il y avait un rythme, on avait nos repères. On faisait notre vie en fonction de la sienne, on s'arrangeait pour ne pas trop le subir. Nous avions chacun nos territoires et nos horaires, et les règles du jeu allaient de soi. Nous n'attendions rien de ce père inflexible, si ce n'est qu'il entre au moment où l'on sort et qu'il parle alors qu'on se tait. C'étaient les vases communicants. Il n'y avait pas de place pour nous quatre ensemble, il fallait attendre son tour, remplir les vides, combler le silence, se frayer un chemin dans les ouvertures. De même, il était recommandé de lui laisser toute la place quand il la demandait. On faisait comme si, on rusait, on devenait malin, on cultivait notre instinct de survie. On apprenait à s'enfermer, à faire semblant de dormir, à ne pas bouger derrière les cloisons. Pour qu'il ne profite pas de notre présence pour nous mettre à contribution, pour qu'il ne soit pas tenté de nous épuiser. Il ne savait rien accomplir seul, il lui fallait un soutien, un coup de main, pour changer une ampoule, comprendre un mode d'emploi, faire fonctionner un appareil. Il nous usait jusqu'à la corde. Ma mère parvenait à se défiler le plus souvent, il s'en remettait à nous, à mon frère surtout, qu'il pliait à toutes les corvées. On aimait quand il quittait l'appartement, quand il partait travailler, nous laissant maîtres des lieux. On entendait sa voiture qui démarrait en trombe sous les fenêtres, on était soulagés quand elle s'éloignait. Quand il rentrait, nous éprouvions un sentiment étrange, mêlé d'agacement et d'excitation. Nous savions qu'il allait détruire l'équilibre qui régnait à la maison, mais étions curieux de le voir opérer. Ses attitudes nous fascinaient, maladroites et exaspérantes. Ses attaques nous sidéraient, ses emportements nous laissaient pantois. Il était l'incarnation de la mauvaise foi, il aurait pu affirmer que le soleil se lève à l'ouest, il aurait pu s'en persuader. Nous nous permettions de lui tenir tête, pour le principe, par pur héroïsme, mais renoncions le plus souvent à persévérer parce que nous avions peur de lui. Nous nous regardions, mon frère et moi, par en dessous, échangions des sourires entendus, que nous apprîmes à ne pas rendre trop explicites. En clair, nous nous payions sa tête, nous cultivions mal le respect dont il nous rebattait les oreilles, nous étions des enfants sournois. Il appliquait son autorité comme il montait les blancs en neige, sans jamais douter. Tout ça pour dire qu'il lui arrivait de faire une délicieuse mousse au chocolat, dont nous sommes aujourd'hui privés. Ce n'était pas si mal, quand mon père était à la maison, ma mère allait chez le coiffeur, elle s'épilait les jambes, elle mettait du noir sur ses yeux. Elle se muait en résistante, elle se tenait debout. Alors qu'à présent, elle reste en peignoir des dimanches entiers, elle regarde avec nous *Benny Hill à* la télévision, mais sans rire jamais. Nous nous asseyons tous les trois dans le canapé, mon frère tient la télécommande, il décide des programmes. Ma mère ne donne jamais son avis, tout lui plaît. Nous regardons *Questions pour un champion* depuis que ça existe, Nico reste muet, il ne trouve jamais aucune réponse, il dit que ça va trop vite, il ne voit pas l'intérêt. Mais la plupart du temps, ma mère n'est pas encore rentrée, nous enchaînons avec les informations.

Ma mère est insaisissable, elle nous déroute, elle a parfois de ces questions qui nous laissent sans voix. Elle est capable de nous demander ce que nous avons mangé à la cantine et de préparer la même chose le soir. Il est arrivé que nous répondions gratin de pâtes et qu'elle improvise gratin de pâtes. Nous n'osons rien lui dire, nous mangeons nos pâtes desséchées avec le gruyère fondu, nous nous en fichons. Nous réclamons le chèque pour payer la cantine pendant plus d'une semaine, nous n'osons plus demander. Nous la regardons, étonnés. Elle nous surprend chaque jour davantage. Trop inquiète ou trop détachée. Ses réactions sont toujours déconcertantes, disproportionnées. Elle s'affole pour des détails, reste impassible face à des choses graves. Elle a des lubies et cela nous effraie quand elle s'entête, nous nous demandons si elle est bien normale. Un soir, en plein milieu du repas, elle est prise d'un de ces coups de folie. Elle veut que mon frère se lève et marche jusqu'au fond du couloir, pour voir si sa démarche s'est améliorée. Elle semble se souvenir soudain que mon frère avait les jambes en X quand il était enfant. Elle est saisie par l'angoisse, ça ne peut pas attendre. Il lui faut vérifier sur-le-champ, en avoir le cœur net. Elle se met à mélanger les époques, nous propulse plus de dix ans en arrière. Elle nous fait peur, sa mâchoire tremble, nous ne comprenons pas ce qui lui arrive. Nous lui faisons face, nous la regardons, comme des enfants regardent leur mère vieillissante, pleins d'une pitié intransigeante, nous nous attardons à détailler son visage, et, pour la première fois, nous sautent aux yeux les mèches de cheveux blancs qu'elle tente de faire tenir dans une queue de cheval, les cernes bleutés qui assombrissent son regard, les joues un peu flasques. Nico refuse de faire la démonstration de sa démarche. Elle minaude, l'appelle par des petits noms, comme s'il avait cinq ans. Elle dit d'une voix mielleuse : « Pour faire plaisir à ta maman. » On ne sait ce qui lui prend, elle est lamentable. Nico s'agite sur sa chaise, il se retient. Puis il se lève, excédé, on sent la colère le gagner. Je crois qu'il va renverser la table, il en est capable. Il n'est ni grand ni large, mais d'une telle nervosité que ma mère n'ose ajouter un mot. Elle reste muette, elle baisse les yeux. Nico ne veut plus entendre parler de cette histoire de jambes en X, qui lui valut d'être différent des autres enfants. Il ne supportait pas les semelles de cuir qu'il glissait dans ses chaussures pendant de longues années, les chaussures orthopédiques, les séances de sport dont il avait été privé. Il voudrait oublier les allusions de mon père qui assurait qu'avec des pieds comme ça il ne serait jamais un homme, qu'il serait réformé au service.

Nous réclamions des vacances chez Louisette. A Noël, à Pâques, pendant l'été. Cela arrangeait les parents, de nous savoir à la campagne. Cela leur procurait un peu de liberté. Je ne sais ce qu'ils faisaient de leurs soirées pendant notre absence, s'ils mangeaient au restaurant, s'ils regardaient la télévision, s'ils avaient des attitudes d'amoureux. Ils n'en parlaient pas, comme si leur vie de couple était secrète, comme si elle n'existait pas. Quand nous étions chez Louisette, nous ne pensions plus aux parents. Nous les oubliions. Nous nous délestions d'un poids trop lourd. Nous ouvrions une parenthèse dans laquelle nous nous laissions sombrer, peu enclins à la refermer. Nous nous étonnions de ne plus avoir une pensée pour eux, nous coupions, sans même nous en rendre compte, le cordon qui nous maintenait ficelés à leur destinée. Nous étions saisis par l'atmosphère qui régnait à la ferme et modifiait notre attitude et notre rythme. Une atmosphère où la boue, l'humidité, l'odeur des bêtes et du lait réactivaient nos instincts d'enfants ignorant qu'ils viennent de la terre. La lumière n'était pas la même, plus contrastée, purifiée, donnant à la campagne un relief marqué, multipliant les nuances, brouillant les distances. Nous aimions la couleur de l'ardoise qui alourdissait le ciel et jetait sur les murs de la ferme des ombres tristes. Nous aimions le jaune qui illuminait soudain la cour, abolissait les angles, donnant l'impression d'un cadeau dont il faut jouir dans l'instant. Parce que le ciel reprenait aussitôt la lumière. Des ombres se dessinaient à contre-jour quand le tracteur était de retour. Le pépé, encore au volant, s'essuyait le front d'un revers de la manche, en soulevant sa casquette. C'étaient les matins que nous préférions, à cause de la brume flottant au-dessus du sol, dissimulant la mare, les détails du bocage, nous laissant croire que nous étions mal réveillés. Nous étions attentifs aux rumeurs qui parvenaient jusqu'à notre chambre. Nous savions si les vaches étaient déjà au pré, si le tracteur retournait déjà la terre au loin, si Louisette avait nourri les poules. Nous hésitions avant de sortir du lit, parce que le froid nous saisissait, hiver comme été, et que le sol couvert de tomettes nous réserverait un accueil glacé. Mais l'envie de pisser était trop forte, trop longtemps contenue dans la petite chambre à ce point éloignée des w-c qu'il nous fallait nous soulager dans un pot placé sous le lit. Comme ma pudeur m'interdisait de pisser en présence de mon frère, je différais le moment autant que je pouvais. Cette sensation irritante de vessie gonflée à bloc a gâché une partie de mes nuits chez Louisette. Les matinées surtout, dont j'aurais pu profiter, furent empoisonnées par ce dilemme insistant : me lever ou non, me lever une bonne fois pour toutes, accepter de pisser dans le pot au risque de réveiller Nico, enlever le couvercle d'émail lourd et sonore et me laisser aller entre nos deux lits, ou différer jusqu'au matin l'envie pressante, trouver une position qui ne comprime pas trop la vessie, tenter de ne plus y penser. J'attendais souvent la dernière minute, l'extrême limite, et nous nous levions, Nico et moi, avec un mal de ventre chronique, le visage grimaçant.

Nous dormions dans le même espace, cette chambre était la nôtre, comme si elle nous était due. Cela nous semblait naturel de partager la même pièce, de dormir côte à côte, alors que nous ne l'aurions pas supporté à la maison. Ici nous faisions corps, nous redevenions les enfants, sans distinction d'âge ou de sexe, les différences étaient abolies. Nous n'étions qu'une même pâte, un même regard, une seule voix. Nous montions nous coucher ensemble, et nos yeux se fermaient de concert, après de longues conversations. Le sommeil nous soustrayait au monde, nous tenant à l'écart de la ville, de l'école, du cabinet médical, nous préservant des colères de mon père et des migraines de ma mère. Mais nous nous endormions avec une légère appréhension dont nous avions du mal à connaître l'origine. Nous ne savions pas où était notre place, ici auprès de Louisette qui nous entourait de ses soins, ou là-bas, dans la ville où nous avions grandi. Nous pressentions que le bien-être n'était que provisoire, que ce bout de campagne providentiel nous serait un jour retiré. Parce que l'enfance a une fin. Parce que les êtres vous quittent. Nous étions inconsolables face à un chagrin pas encore éprouvé. Nous étions nostalgiques du temps présent que nous étions incapables de retenir. Nous étions des enfants insouciants et inquiets, robustes et fragiles, nous nous sentions déjà usés. Nous marchions dans les prés trempés, nous pataugions dans les flaques. Nous maniions le bâton que nous appliquions contre la croupe des vaches.

Quand nous avons grandi, personne ne songea à nous attribuer deux chambres différentes. Louisette continua de changer les draps des deux lits jumeaux. Seul Nico rua un peu dans les brancards, fit quelques allusions à sa virilité, prétendit que je ronflais. Mais personne n'entendit ses faibles revendications, les adultes avaient d'autres soucis. Louisette commençait de perdre la mémoire et de tout mélanger. Elle se serait embrouillée avec les draps. Nous gardâmes nos habitudes, nous rangeâmes notre linge dans la même armoire, nous nous disputâmes les cintres de la penderie, comme avant. Rien n'avait changé si ce n'est les proportions de la pièce qui nous paraissaient plus modestes et le pot de chambre que nous avions eu l'idée d'exiler sur le palier. Nos corps seuls avaient changé, surtout le mien qui s'était mis à saigner tous les mois. C'est ce qui m'ennuyait chez Louisette, toujours ces mêmes histoires de w-c, on n'en sort pas. Le paquet de serviettes hygiéniques m'encombrait, je me croyais obligée de le soustraire de la vue de Nico. Je me sentais coupable, empotée, je me faisais horreur, avec mes problèmes de fille, avec mes désavantages. Je devenais agressive, on ne pouvait plus me parler. Et Nico qui se prélassait comme un petit mâle satisfait pour qui — croyais-je — tout allait comme sur des roulettes. Il y eut une nuit, qui mit fin à notre cohabitation, Nico et moi, une nuit comme on n'en voudrait jamais plus, moite, odorante, avec la lumière de la lune qui se glisse entre les volets et éclaire ce qu'on ne veut pas voir. La flaque de sang sur le drap, nette, presque noire. Pas seulement une esquisse mais une tache, dense comme une peinture à l'huile. Une nuit d'août, avec l'odeur du foin qui se mêle à celle du sang. Et Nico qui dort à deux mètres. La sensation étrange d'une transpiration excessive, de linge mouillé, souillé. Le réveil inquiet, le doute, les membres paralysés quand on comprend ce qui arrive, le haut des cuisses avec des traînées sombres, des zébrures troublantes. Puis c'est le dégoût, l'envie de plonger dans la mer, de se vider de son sang dans les vagues, une bonne fois pour toutes et ne plus avoir à en parler. Ensuite c'est la panique (mais c'est tout cela à la fois) parce qu'on ne peut pas rester comme ça, assise sur un matelas qui s'imprègne petit à petit. L'idée de la literie qu'on détériore, qui a forcément coûté cher, la literie qu'on sacrifie. Il faut effacer le sang comme s'il s'agissait d'un crime, faire disparaître les traces. Mais comment laver les draps en pleine nuit, sans réveiller Nico, ni Louisette, ni le pépé. Ce serait pire encore, si le pépé se levait, pointait sa tête au-dessus du lavabo. Comment ouvrir la porte de la chambre, descendre l'escalier de bois, trouver l'interrupteur, sans bruit ? J'ai eu une pensée pour ma mère, je lui en ai voulu de ne pas m'avoir prévenue, de ne pas m'avoir dit que ça pouvait arriver avec dix jours d'avance, qu'il faut en permanence un paquet de serviettes dans son sac. Je l'ai soupçonnée de ne m'avoir pas prise au sérieux, de m'avoir considérée à la légère. J'ai eu envie de lui faire payer sa désinvolture, je la tenais pour responsable. Etait-elle comme ça avec ses malades, aussi négligente ? Je me suis dit qu'à cette heure-ci, elle devait dormir tranquillement, elle ne se doutait pas de ma détresse. Je lui en ai voulu, mais j'ai aussi souhaité qu'elle soit là, qu'elle m'apaise, qu'elle m'arrache à cette chambre désormais marquée de mon empreinte. Elle seule aurait su trouver les gestes. Je me suis assise sur le lit, je ne savais plus où poser les mains, je les ai mises sur mon visage, je me suis cachée. J'ai attendu, et plus le temps passait, plus j'étais vulnérable, je ne me sentais pas prête à assumer ce corps nouveau, qui me faisait peur, qu'il me faudrait bien finir par apprivoiser. Je regardais Nico endormi et je l'enviais. Je me disais que nous n'étions pas à égalité. Chez les garçons, pensais-je, c'était clair et net, pas de coup en douce, pas de chair renflée et tremblante, pas de volumes superflus. Leur corps était celui de l'insouciance ; celui des femmes me semblait au contraire contenir toutes les inquiétudes.

Mon père ne répétait jamais deux fois. C'était sa devise : « Que je n'aie pas à le redire ! » On savait en le regardant qu'il fallait s'exécuter sur-le-champ. Ses lèvres tremblaient, ne contenant plus la salive qui s'échappait par les interstices. La niche était une variante du piquet, sous la table de la cuisine. Ce que mon père aimait, c'était mettre Nico à la niche pendant les repas. Nous trois en train de manger, nos derrières sur nos chaises, nos pieds sous le nez de Nico. Mon père faisait comme si Nico n'existait pas, c'était son sport favori, l'ignorer, passer outre. Ne plus le voir, ne plus l'entendre, une façon de le supprimer. La punition amusait Nico, il n'avait pas conscience de l'humiliation. Il s'entêtait à en sortir grandi. Il répondait que ça ne le dérangeait pas, d'aller à la niche, au contraire, il aimait se cacher sous la nappe et se dispenser de manger. Nico tapi dans la pénombre nous entendait mastiquer, déglutir, roter, il avait un point de vue étonnant. Nos cuisses écrasées sur la chaise, nos chaussettes, nos pantoufles. Il voyait les jambes de ma mère qui bougeaient, ma mère qui se levait, s'asseyait, se levait de nouveau. Il voyait mes mollets qui s'agitaient, la pointe de mes pieds cherchaient ses côtes, appuyaient sur ses épaules. Il m'attrapait les chevilles, tentait d'enlever mes mi-bas, me pinçait les jambes, regardait sous ma robe. Il essayait de me faire rire, de me faire crier. J'avais du mal à garder mon sérieux. J'étais impassible en surface, mais on percevait qu'il se tramait quelque chose sous la nappe. Soudain, mon père tapait du poing sur la table. Les couverts sursautaient, les verres tintaient, les hoquets de Nico redoublaient. Ma mère, agacée, se permettait de mettre fin à la punition, ce qui créait un différend entre nos parents. Elle priait Nico de s'installer à table parmi nous. Mon père, momentanément vaincu, se retirait dans le salon. Mais il ne lâchait pas le morceau, il revenait à la charge quelques minutes plus tard, tournoyait autour de Nico, étudiait le meilleur angle d'attaque. Il s'abattait sur lui d'un coup, il disait : « On a quelque chose à régler, non ? » Quelque chose à régler, non, vraiment, Nico ne voyait pas. Mon père lui faisait savoir qu'il avait horreur des punitions bâclées. C'était maladif, ces histoires de punition, une obsession, on n'en sortirait jamais. Mon père s'accrochait à son idée fixe, rongeait son os jusqu'à la moelle. Il avait Nico entre les mains, il fallait qu'il en profite, vite, une occasion en or. Que pourrait-il lui infliger ? Il lui fallait inventer, faire preuve d'imagination, mais ça ne venait pas, mon père demeurait stérile, soudain sans voix. Nico restait planté devant mon père, à attendre que le verdict tombe, il était prêt à tout endurer, il apprenait à encaisser les coups qu'il rendrait plus tard. Il était sur la défensive, déjà blindé, solide comme un roc. Il ne perdait pas de vue qu'un jour il grandirait et se souviendrait. Mon père s'agitait sous le néon de la cuisine, impuissant. Il ne savait comment atteindre Nico qui se jouait de lui, comment le toucher, le couler. Il secouait la tête comme un sportif qui abandonne le combat, et, grand seigneur, acceptait de passer l'éponge pour cette fois.

Je n'étais plus la même. C'est Nico qui s'en était plaint le premier. Il m'accusait de lui consacrer moins de temps, de soupirer quand il m'adressait la parole. Il souffrait quand je lui tournais les talons, tentait de me retenir. Mais je m'enfermais dans ma chambre, me soustrayais au regard des autres. Je ne sais ce qui s'était passé, comment ça avait commencé. Peut-être à cause des crampes d'estomac. Ça arrivait le soir, juste avant de me mettre à table. Je préparais le dîner en attendant les parents (mon père rentrait encore tous les soirs), je jetais une poignée de riz dans l'eau bouillante ou découpais des pommes de terre en carré que je laissais frire dans la poêle. Je mettais la radio, j'écoutais les gens à qui l'animateur téléphonait pour connaître le montant de la valise RTL. Mais ces idiots n'étaient pas au courant, ils ne savaient pas de quoi on leur parlait, ils passaient à côté du gros lot. J'espérais que l'animateur composerait notre numéro, je laissais la porte du salon ouverte pour entendre le téléphone sonner. Je retenais le montant de la valise, j'aurais fait une surprise à ma mère, mais personne n'appelait jamais, je perdais chaque jour les quinze mille deux cent quarante francs, puis les quinze mille neuf cent quatre-vingt-dix francs. J'ai perdu des sommes considérables. Mon père rentrait souvent le premier, nous reconnaissions sa façon d'ouvrir la porte et son pas triomphant. Il prenait le temps de quitter ses chaussures et sa veste, de se démunir de sa mallette, de se racler plusieurs fois la gorge, avant de faire irruption dans la cuisine où, vêtue du tablier de ma mère, je surveillais le gaz. Il m'embrassait sur les deux joues en pensant à autre chose, tentait d'apercevoir par-dessus mon épaule ce qui mijotait sur le feu et cherchait un verre pour l'apéritif qu'il prenait seul, debout dans la cuisine. Martini ou vin rouge, parfois un kir. Il restait là, sans dire un mot, ne sachant que faire, sans avoir jamais l'idée de donner un coup de main. Quand son verre était fini, il le posait dans l'évier. Il ne lavait jamais son verre. Il ne rangeait jamais la bouteille qu'il laissait sur la table. Il finissait par dire : « Ta mère a pas encore fini ? » Comme si j'en savais plus que lui sur les rendez-vous de ma mère. Il se sentait obligé de l'attendre pour se mettre à table, ce qui n'était déjà pas si mal. Mais il fallait le distraire de sa faim, de peur qu'il profite du temps mort pour décharger la colère qu'il sentait monter en lui, provoquée par le vide dans lequel il plongeait quand il rentrait à la maison. Il fallait éconduire son appétit pour qu'il n'ait pas l'idée de s'en prendre à Nico, par exemple. Mais il n'avait le plus souvent pas le courage de se rendre jusqu'à sa chambre. Il tombait à la renverse sur le canapé en allumant le nouveau téléviseur équipé d'une télécommande. C'était souvent l'heure du 19/20 sur FR3. J'en percevais le jingle qui couvrait en partie le son de ma radio. Nico, dans sa chambre, écoutait de la musique, on entendait les basses qui tapaient contre les cloisons. Nous nous isolions chacun dans son univers sonore, nous bâtissions comme un mur entre nous. Nous poursuivions chacun notre route. Seule ma mère, à son retour, avait le pouvoir de faire en sorte que nous ayons l'allure d'une famille. Elle nous réunissait autour de la table, lançait la conversation, retissait les liens. C'est le plus souvent à cet instant que mon estomac se manifestait. Je me recroquevillais sur ma chaise puis j'étais bientôt contrainte de me retirer dans ma chambre, sous l'œil médusé de mon père qui pensait que je faisais du cinéma. Je m'allongeais sur le dos, sur le ventre, finissais par adopter une position — proche de celle du fœtus — qui me donnait l'illusion de moins souffrir. Mon corps était tout entier replié autour de mon estomac, formant comme une corolle. Mais rien n'y faisait, le mal venait de l'intérieur. Je sentais une vague poindre au fond de mon ventre, elle enflait, se préparait et partait à l'assaut, faisant tressaillir mes nerfs et mes muscles. Mon ventre m'obsédait, je n'étais plus qu'un ventre, un tourbillon de chair nouée, gorgée de poison. J'ouvrais et fermais les paupières, ne supportais ni la lumière ni les odeurs de cuisine qui arrivaient jusqu'à moi. Ma mère me rejoignait, me prenait le pouls, passait sa main sur mon front. Elle délayait dans un verre d'eau le contenu d'un sachet de poudre qu'elle m'obligeait à avaler d'un trait. Elle n'avait pas l'air inquiet, seulement désolée que je ne partage pas le repas. Elle me demandait de me dégrafer, ce que je craignais. Elle allait chercher le stéthoscope dans son cabinet, écoutait les battements, affolés, de mon cœur. L'adolescence m'avait changée. Je n'acceptais plus que ma mère m'ausculte mais ne savais comment le lui dire. Je ne voulais plus qu'elle penche sa tête au-dessus de la mienne et que nos respirations se mêlent. Je ne supportais plus son regard attendri. Je me détachais d'elle. N'avais-je plus confiance ? Je ne voyais pas l'intérêt de vivre une vie comme la sienne, que j'imaginais désillusionnée et sans avenir. J'étais intransigeante. Je lui en voulais de ne pas être plus courageuse, de ne pas tenir davantage tête à mon père, de ne pas se protéger des patients. Mais j'étais incapable de rien exprimer, nous n'avions jamais parlé. Je ne savais pas qu'être médecin était toute sa fierté, sa raison de vivre. Je l'ai compris plus tard, quand elle a voulu que je fasse médecine pour reprendre le flambeau, assurer aux petites gens le droit de se soigner, d'être entendus, considérés. J'ignorais que tel était son combat, elle qui venait d'une famille d'ouvriers dont le père s'était tué à la tâche sur les chantiers navals, avait monté un syndicat, puis avait fini par renoncer, démoli par la vie. Les chantiers avaient fermé, les ouvriers avaient été licenciés, les familles décimées, détruites. Il avait échoué, n'avait pas été capable d'imposer l'idéal pour lequel il s'était battu toute sa vie. Il avait abdiqué, n'avait pas supporté cette défaite-là ni celle de sa femme face à la maladie. Deux raisons qui avaient poussé ma mère à continuer. Se battre pour la dignité des hommes, lutter contre la maladie. Mais on n'avait pas l'impression qu'elle luttait, parce qu'elle n'en parlait pas, son combat était modeste et quotidien, sans tumulte, sans porte-voix. Je compris qu'elle tentait d'être un être exemplaire qui honore la mémoire des siens.

Je ne voulais pas faire médecine, parce que l'intérieur du corps humain me terrorisait. Je me sentais mal à la vue d'une plaie, comme ce jour où Nico s'était ouvert le menton en tombant de vélo chez Louisette. Il était arrivé près de moi avec le tee-shirt taché de rouge. Le sang coulait en un mince filet, glissait le long de sa gorge. Nico ne voulait rien dire à Louisette parce qu'il n'était pas autorisé à emprunter le vélo du pépé qui n'avait pas de freins. Il me demanda de le soigner, de faire en sorte que le sang arrête de couler, qu'il retrouve une figure normale. Mais la plaie était profonde, pleine de graviers. J'avais couru jusqu'au robinet pour en revenir avec un coton imbibé d'eau. J'avais cherché dans l'armoire à pharmacie ce qui pouvait ressembler à du mercurochrome et n'avait trouvé qu'un peu d'alcool à 60°. Nico s'était assis sur le chemin en m'attendant, avait ôté son vêtement souillé. Je lui tendis le coton qui se gorgea de sang aussitôt. Il aurait fallu tout le paquet. Je voulus appliquer l'alcool sur son menton, mais au moment d'examiner la plaie, ma vue s'est troublée, mon geste s'est arrêté en route, mes jambes accroupies ont cessé de me porter. J'ai basculé sur le côté, d'après ce que m'a dit Nico, renversant toute la bouteille d'alcool. Nico porte toujours la cicatrice de son accident de vélo. On perçoit très nettement sous son menton la ligne de la blessure, longue d'environ quatre centimètres, et les sept points de suture qui furent nécessaires pour recoller les chairs.

Je pourrais palper, ausculter, me disais-je, mais ce qui se passe à l'intérieur du corps me faisait horreur, les tissus, les fibres, les membranes, les vaisseaux, les parois. J'avais peur des fluides, des humeurs, j'étais rebutée par les abcès, le pus, les toxines. Je ne pouvais me représenter le plasma, les globules, les cellules sans éprouver un haut-le-cœur. Ma mère m'avait offert, pour mes quatorze ans, un atlas du corps humain, pour que je prenne le temps de me familiariser avec les différents organes. J'ai ouvert le livre, fus choquée par les illustrations qui donnaient du corps une image de boucherie. Je me souviens surtout du chapitre concernant l'appareil digestif, de l'amas repoussant de viscères aux couleurs inquiétantes, le foie, occupant presque toute la place, d'un grenat pas très pur, l'estomac qui remonte derrière la poitrine, à peine plus rosé, le pancréas granuleux, d'un jaune douteux, sans parler de l'intestin grêle, compressé, torturé, des mètres soi-disant entassés sous la peau. On aimerait n'avoir rien sous la peau, rien qui travaille, qui s'agite, qui tempête. On aimerait une chair tendre et ferme, sans circulation sanguine, sans respiration, une chair exempte d'artères, de glandes et de nerfs. On rêve d'un corps sans troubles et sans maladies. C'est ce qui m'a le plus impressionnée dans le livre offert par ma mère, la multitude des dysfonctionnements, des lésions, des tumeurs, toute la cohorte des infections, des allergies, des hémorragies. L'atlas du corps humain était aussi un catalogue de toutes les maladies, avec des photos. Gros plans sur un poumon cancéreux, un lymphocyte infecté, une artère bouchée. Le pire était une tumeur testiculaire dont la coupe ressemblait à un kiwi moisi. Comment le médecin se débrouillait-il avec autant de menaces ? Comment identifiait-il les troubles ? Avait-il vraiment les moyens de sauver ses patients ? Les chances me paraissaient infimes. Le livre proposait aussi une approche des symptômes, que j'aurais dû me garder de feuilleter. Je ne trouvais rien sur les crampes d'estomac mais en déduisis qu'elles pouvaient avoir diverses origines, hernie du diaphragme, gastrite, ulcère, cancer, à moins qu'il ne s'agisse de l'altération d'un organe voisin : abcès du foie, hépatite, cirrhose, calculs biliaires... J'avais le choix.

Le téléphone n'avait pas sonné pour ma mère, pas une seule fois, pas même une erreur. Ma mère et mon père étaient assis côte à côte face à la télévision allumée. Mon père avait passé son bras autour des épaules de ma mère, mais elle disait que ça la gênait, elle ne pouvait pas appuyer sa tête contre le canapé. Il avait alors mis sa main sur son genou. Sans pour autant la caresser, mais juste sa main, posée sur l'étoffe de sa robe. Je regardais la main, immobile, je regardais le visage de ma mère, à la recherche d'un indice. Une moue qu'on aurait pu prendre pour l'esquisse d'un sourire flottait sur ses lèvres, mais je ne savais si son apparent bien-être était dû à la présence de mon père ou à l'émission que nous regardions. Ma mère était assise entre mon père et mon frère. Moi, j'étais dans le fauteuil, un peu de biais. J'avais une vue imprenable sur le trio. Mon frère jouait avec un Rubik's Cube. La lueur de la télévision projetait sur les visages des flashs de lumière changeante. La lumière du lampadaire se reflétait dans l'écran, ce qui agaçait mon père. Il demanda à Nico de l'éteindre, mais ma mère préférait qu'on laisse allumé. Mon père voulut alors qu'on déplace le lampadaire. Il demanda à Nico de trouver une rallonge, pour le brancher sur une autre prise. « Comment on fait d'habitude ? demanda ma mère — J'en sais rien, d'habitude ça me gêne pas. » Puis ma mère se leva, elle n'avait plus envie de regarder la télévision. Elle partit fumer une cigarette dans la cuisine puis alla se coucher. Mon père se leva quelques minutes plus tard et, après une longue station dans la salle de bains, alla se coucher. Nous restâmes, mon frère et moi seuls devant la télévision, ce qui n'arrivait jamais le soir. Nous nous sentions un peu trahis, abandonnés. Mais j'étais soulagée de ne plus les avoir sous les yeux, parce que la peur qu'ils se séparent m'obligeait à épier malgré moi leurs moindres gestes, à interpréter chacune de leurs paroles. Nico en profita pour mettre les pieds sur le canapé et pour changer de chaîne. Il fit le tour des programmes et arrêta l'image sur un gigantesque incendie. Des flammes rouge et noire occupaient tout l'écran, une fournaise comme nous n'en avions jamais vu. Nico s'immobilisa, s'installa, augmenta le son. Les commentaires étaient confus, nous ne comprenions pas de quoi il s'agissait. Le ton du journaliste était grave et les images saisissantes, répétitives, nous montrant l'incendie toujours sous le même angle. Le feu ne pourrait être maîtrisé avant plusieurs semaines, nous informait-on, il faudrait faire appel à des spécialistes mondiaux, des pompiers très spéciaux. Nous étions au Koweit à la fin de la guerre du Golfe, les puits de pétrole, incendiés par l'armée irakienne, brûlaient nuit et jour. C'était du rouge et du noir sur l'écran, une ville privée d'électricité, étrangement éclairée par l'incendie. On avait filmé des silhouettes qui bougeaient, des vagues de fumée, des reflets inattendus. Ce n'était pas des flammes, mais un torrent de feu, pareil à un volcan. On ne pouvait intervenir, expliquait le journaliste, en raison de la chaleur, on ne pouvait approcher les puits à cause du terrain miné et infesté de bombes à fragmentation qui ne demandaient qu'à exploser. Autre obstacle, les équipes de secours devaient travailler sous une pluie d'eau constante, dispensée par de gigantesques pompes. Mais il n'y avait plus d'eau dans le pays, il fallait amener l'eau de la mer, distante de plusieurs dizaines de kilomètres. Les méthodes aériennes ne seraient pas plus efficaces, à cause de la fumée, trop dense, irrespirable, qui empêchait toute visibilité. Eteindre le feu allait coûter des centaines de milliers de dollars (bien sûr on évaluait en dollars). Un diplomate américain assurait que des sanctions économiques seraient prises contre l'Irak, il disait qu'il n'avait jamais été témoin d'une telle catastrophe, il répétait que c'était *dantesque.* Le journaliste reprenait son commentaire, annonçait des chiffres, cent milliards de barils de réserve, dix-huit mille litres d'eau par minute, huit milliards de dollars, il parlait de crime de guerre, de logistique, de politique de la terre brûlée. Nico n'entendait pas le commentaire, il regardait l'écran avec fascination. Il se mit à crier : « Il faut que maman voie ça. Maman ! Maman ! » Il était debout, prêt à aller chercher ma mère. Je le retins d'un geste énervé, lui rappelant que notre mère était fatiguée, qu'elle se reposait dans sa chambre. Je lui expliquai que nous n'avions pas le droit de la déranger, que sa chambre c'était un lieu qui ne nous concernait pas. Si elle était allée se coucher, c'est qu'il y avait une raison. Point. Ma voix tremblait, je comprenais ce que je disais en l'énonçant. J'étais comme Nico, j'avais du mal à accepter que ma mère s'enferme avec mon père, sous notre nez. Nico n'avait pas l'air de comprendre, il fallait lui faire un dessin. Il n'avait jamais songé que les parents avaient besoin d'un refuge. Ça s'appelait l'intimité. Ça nous paraissait dégoûtant, incompatible, décevant. Ça concernait aussi nos parents, cette chose sans nom, inconcevable. Nous aurions préféré ne rien voir, ne rien savoir, ne pas avoir d'indices. Nous avons augmenté le son, pour ne pas être témoin de ce qui se tramait dans la chambre. Nous avons rivé nos yeux à l'incendie, nous y accrochant comme à une planche de salut. Nous avons fini par aller nous coucher avec des flammes indomptables plein la tête.

Mon père s'était promis de nous apprendre à nager. Il fallut se plier à son désir qui ressemblait plutôt à un ordre. Ma mère était inquiète, craignait que l'eau ne soit glacée, comme elle l'était chaque fois que nous allions y tremper les pieds. Mon père disait : « On ne peut plus remettre. A vous écouter, à vingt ans, vous ne saurez toujours pas nager. » Ma mère voulait qu'on pique-nique, mon père préférait manger au restaurant. Ma mère disait qu'après un repas au restaurant, forcément trop lourd, on ne pourrait plus se baigner. Nico et moi, on avait un penchant pour le pique-nique, parce que, au restaurant, on ne savait jamais quoi commander. Rien ne nous faisait envie. On n'aimait pas les fruits de mer et il fallait attendre que mon père ait fini de déguster son vin blanc pour pouvoir se lever de table. Il ne se pressait pas, buvait à petites gorgées, voulait que ma mère goûte le vin. Il fallait tenir sa fourchette et son couteau correctement, il fallait ne rien laisser tomber par terre, ni sa serviette ni son pain, encore moins casser un verre. Nous n'avions aucun plaisir à manger en nous tenant droits, le dos raide contre une banquette. Nous ne savions que dire quand le serveur se tenait près de nous, s'il fallait être honnête ou s'il fallait faire semblant. Il nous semblait qu'il fallait dire le contraire de ce qu'on pensait. Ma mère se plaignait mais était tout sourire. Quand elle voulait une carafe d'eau, elle commandait de l'eau en bouteille. Pour faire bien. Elle n'osait pas se contenter d'un seul plat, elle avait peur que le serveur trouve à redire. Quand il avait tourné le dos, elle déversait dans nos assiettes ce qu'elle ne mangeait pas. On sentait qu'elle était tendue, qu'elle était soucieuse à la fois d'alléger l'addition et de préserver les apparences. Seul mon père était décontracté, assouvissait toutes ses envies, dessert et café. Il coinçait sa serviette dans l'encolure de sa chemise, ce qui nous faisait honte. Quand il avait terminé, il se caressait le ventre. Ma mère se préoccupait de savoir si elle pouvait fumer.

Mon père ne parvenait pas à mettre la main sur son maillot de bain, tous les tiroirs de la commode y passaient. Il arpentait le couloir de long en large avec un regard accusateur. Quiconque savait où était son maillot était prié de l'en tenir informé. Ma mère préparait le pique-nique dans la cuisine. Elle faisait cuire des œufs durs, elle disait : « Si on avait prévu, j'aurais acheté des chips et du jambon. » Elle disait : « Si on prend des yaourts, il ne faut pas oublier les cuillers. » Elle nous envoyait, Nico et moi, chercher du pain et nous recommandait, comme toujours, d'être prudents : « Laura, tu fais attention à ton frère. » Oui, je prenais soin de mon frère, je le retiendrais par le tricot s'il menaçait de se jeter sous une voiture. Les préparatifs duraient un temps infini. Il fallait penser à l'ambre solaire, aux maillots, aux casquettes, aux serviettes de bain, aux épuisettes, aux bouées, au parasol, au matelas pneumatique, au gonfleur, au ballon, aux raquettes... « Stop ! criait ma mère, sinon demain, on est encore là. » Mon père nous emmena sur une plage dont on lui avait parlé, un endroit nouveau, idéal pour la baignade, d'après lui, à marée haute. Nico et moi n'avions pas envie d'apprendre à nager, nous faisions durer avant de descendre de la voiture. Le vent manqua de nous emporter quand nous ouvrîmes la portière. Nous avançâmes en file indienne derrière mon père sur le chemin des douaniers, en haut de la falaise. En bas, la mer était vert émeraude, elle était agitée, son odeur arrivait jusqu'à nous. Nous avançâmes longtemps, puis il fallut descendre un sentier abrupt et étroit. Nous ne pouvions nous tenir parce que nous avions les mains chargées. Nous nous laissions glisser, les fesses sur les talons, le ventre un peu serré à cause des vagues qui tapaient en contrebas. La casquette de Nico s'envola, arrachée par le vent. Ma mère perdit l'équilibre, laissa échapper le parasol qui s'immobilisa quelques mètres plus bas. Mon père poursuivait sa progression comme s'il était un habitué du lieu. Nous finîmes par arriver sur une petite plage de galets déserte. Un endroit sauvage comme nous les redoutions. Pas un enfant à la ronde, pas un marchand de glaces, pas un cerf-volant dans le ciel. Ma mère au contraire s'extasiait, respirait à pleins poumons, s'amusait à repérer les bateaux de pêche au loin. Pourquoi mon père nous avait-il entraînés dans un endroit si désert ? Quelque chose dans ce début de journée ne me plaisait pas, une suite de détails infinitésimaux m'empêchaient de me réjouir des joies de la baignade. Comme si la mer, soudain, représentait une menace, une pleine mer exubérante aux couleurs inhabituelles, et les mouettes qui tournaient au-dessus de nos têtes avec l'insistance de vautours. J'avais l'impression d'être au bout du monde, loin de la ville, dans un lieu livré à tous les dangers, une petite plage refermée sur elle-même dont on ne peut s'échapper. Mon père voulut bientôt prodiguer ses cours de natation. Il entra dans l'eau jusqu'aux cuisses et parut freiné par la température. Je priais pour qu'il renonce, pour qu'il s'extirpe de cette eau terrifiante, mais il fit encore deux pas en avant, se frictionna la poitrine, dessina quelques cercles avec les bras et plongea, imbu de son courage. Il ne nous laissa pas de répit, nous invita à le rejoindre. Nico prétexta un mal de tête soudain, dit qu'il avait probablement de la fièvre. Ma mère ne broncha pas, elle attendait la suite. Mon père m'interpella à mon tour d'un ton autoritaire. Je n'osai m'opposer, je fis le geste de gonfler ma bouée. Il m'interdit d'y toucher, me fit signe de le rejoindre sur-le-champ. Je me mis debout face au vent et avançai en me tordant les pieds sur les galets. Je sentais le regard de Nico accroché à mon dos. Sa peur me transperçait. L'eau était glacée, j'y entrais jusqu'aux genoux et ne pus continuer. Mon père approchait, m'invitait à saisir la main qu'il me tendait. Mais je me gardais de la prendre, tout sauf attraper sa main. Il m'encouragea, me donna quelques conseils, puis s'impatienta, il avança, me saisit par le bras et m'entraîna dans les vagues. La sensation fut terrible, le froid, mais surtout la contrainte, l'impression qu'on vous arrache les membres, qu'on vous ligote. J'en voulais à mon père de décider pour moi, de peser de tout son poids de père. Je frissonnais, fis le mouvement de me retirer vers la plage, mais le reflux m'empêchait d'avancer. Je retombais entre les mains de mon père. Il m'attrapa et me jeta dans l'eau, comme si ce geste lui procurait du plaisir. Il me regardait me débattre, tenter de reprendre mon souffle. Il me criait de me calmer, il criait bien trop fort pour que je me calme, il voulait me faire croire que je n'avais pas peur de l'eau. Il s'approcha de moi à nouveau, m'entraîna où je n'avais pas pied, pour voir, sans doute, si mon instinct me pousserait à nager seule. Mais je n'avais pas d'instinct, je me sentais humiliée, trompée. Ma tête s'enfonçait sous les vagues, je tentais de m'accrocher à lui, je n'avais que lui, il était ma bouée de sauvetage. Cela me dégoûtait de haleter de la sorte. Il tentait de se défaire de mes mains qui s'agrippaient comme des tentacules. Il me noyait et me sauvait à la fois. Me noyait pour pouvoir me sauver, me sauvait pour mieux me noyer. Etait-ce le rôle que jouait mon père ? Les sons ne me parvenaient plus, la mer submergeait mes oreilles, mes narines. L'eau salée m'aveuglait. Nico et ma mère s'étaient levés, regardaient vers moi. Je n'en étais pas sûre. Mon père m'a sortie de là, a tiré derrière lui la vingtaine de kilos que je pesais alors. Il ne m'a pas portée. Je marchais derrière lui en essayant de ne pas pleurer, je voulais m'envelopper dans une serviette. Ensuite, il s'est tourné vers Nico, lui faisant remarquer que j'étais courageuse, l'enjoignant de se mettre à l'eau à son tour. Nico, encore tout habillé, a reculé de deux pas puis est venu se réfugier vers ma mère. Mon père l'a saisi par le bras. Ma mère a crié : « Ça suffit, maintenant on rentre », en s'interposant. J'ai eu peur de ce qui allait se passer. Ils étaient debout l'un en face de l'autre, mon père ruisselant, les poils des jambes collés, les cheveux plaqués en arrière, ma mère en maillot une pièce, le visage douloureux, mon frère recroquevillé comme un chiot sur la serviette de bain. Nous n'avons pas mangé le pique-nique, nous avons rassemblé les affaires et refait le chemin en sens inverse. Dans la voiture, personne ne parlait, nous regardions par la fenêtre le paysage qui défilait, comme si nous étions des survivants, rescapés d'un naufrage. Nous avions perdu la notion du temps. Nous avions le sentiment d'un immense gâchis. Mon père conduisait plus vite que d'habitude. Il appuyait à fond sur l'accélérateur, doublait les voitures qui nous précédaient en se déportant d'un coup, franchissant parfois la ligne blanche. Nous étions plaqués contre nos sièges, nous nous cramponnions à nos ceintures de sécurité, nos cœurs s'emballaient. Ma mère fermait les yeux. Les pneus hurlaient dans les virages.

Nico avait repris les séances d'entraînement, le matin et le soir dans sa chambre. Il s'en était voulu d'avoir abandonné si vite les exercices de musculation. Il se persuada qu'il finirait par dompter son corps, qu'il viendrait à bout de ses muscles réfractaires. La discipline serait son seul salut. Il avait horreur de la complaisance. Bien sûr, il souffrirait, mais il était prêt à se soumettre, à faire tous les sacrifices. Il lui suffirait, croyait-il, d'associer la rigueur à la force intérieure, ce dont il ne manquait pas. Pour vaincre enfin, sortir de l'épreuve la tête haute et le torse gonflé. Nico était heureux de s'être fixé un objectif. Depuis le temps qu'il se cherchait. Il marchait vers un nouvel horizon, plein de promesses, un territoire encore inconnu qu'il se devait de défricher. Nico avait une revanche à prendre, il n'en doutait pas, et son corps reconquis serait comme une seconde naissance, la preuve de son existence. Il renoua avec le rituel des pompes au réveil, avant même de prendre le petit déjeuner, que je lui préparais. Puis il inversa, il avalait d'abord son bol d'Ovomaltine, s'imaginant que les exercices seraient plus efficaces après. C'était la même chose pour la douche. Se doucher après l'effort aurait compromis l'afflux de sang dans les muscles. Une erreur impardonnable. Il fallait au contraire demeurer inerte, faire le mort. Les manuels étaient formels. La pratique de la musculation était une entreprise scientifique, on ne rigolait pas. Nico respectait scrupuleusement les conseils qu'il trouvait dans les livres, s'y conformait à la lettre. Il dut adapter l'entraînement à son type morphologique. Mésomorphe, endomorphe ou ectomorphe ? Nico était perplexe face à ces mots sophistiqués. Après une étude comparée, il opta pour ectomorphe dont le portrait-robot lui allait comme un gant : « Système nerveux et sensoriel dominants. Difficultés à prendre du poids. Endurance faible. » Il suivrait les conseils qui préconisaient repos et sommeil et proposaient un entraînement court, mais intense et répété. Les activités d'endurance (vélo ou jogging) étaient proscrites, elles auraient ruiné sa trop faible énergie. Il lut aussi dans le manuel que la progression était liée au changement. Il n'est pas efficace de répéter pendant des mois les mêmes mouvements ; les muscles s'habituent à l'effort. Il faut savoir vivre avec ses muscles, qu'il s'agit de surprendre, de dérouter. Nico était déterminé, confiant. Il ne reculait devant rien. Il montait à présent nos trois étages en courant, sur la pointe des pieds, pour développer le mollet, tout était prétexte à l'effort, au dépassement de soi. Pour aiguiser sa motivation, il avait scotché sur les murs de sa chambre les images de champions de body-building : Didier Cabrol, Jack Savoldelli et Lorenzo qu'il regardait avec envie. Je n'aimais pas ces types dont l'anatomie me paraissait monstrueuse. Leurs visages, disproportionnés, rappelaient les têtes réduites par les Jivaros. Ils avaient l'air gentil et un peu benêts. Je ne voyais pas le rapport avec Nico. Je savais qu'il ne deviendrait jamais comme eux, il n'y avait aucun risque. Quand je le lui disais, il se vexait. Il m'attrapait par le cou en pratiquant une clé et me mettait à terre, pour faire démonstration de sa force. Il me disait : « Je te pousse et tu tombes. » Il me poussait et je tombais sur le lit. Ensuite, il s'abattait sur moi, faisant semblant de m'étrangler. Je riais trop fort pour me livrer au combat, j'étais vaincue dans l'instant, ce qui l'agaçait. Il nous regardait, ma mère et moi, comme deux bonnes femmes aux chairs un peu molles, nous encourageait à nous bouger les fesses, à brûler notre graisse.

Cher papa,

Nous sommes rentré de chez Louisette la semaine dernière. On a fait un bon diné le soir tous ensembles avec maman, mais il y avait des mouches partout. Elle craint pour la propreté. Le pépé avait quelque chose de contrarrié. C'est maman qui avait garré la voiture n'importe comment dans la coure et s'était ambourbé. Pépé était étonné que tu ne vienne pas toi même nous cherché. Louisette avait tué une poule. En fait c'est moi qui l'a tué. Sans hésité. Nette. Laura m'a aidé à la plumé. Je me propose pour tous les travaux, surtout quand c'est risqué. On a moisonné. Louisette dit que si sa continu je pourrai reprendre la ferme. Je conduis le tracteur, comme je t'avais montré l'autre jour, mais cette fois, je vais au bout du champ.

J'avais oublié un sac en plastique dans ta voiture, avec mon siré dedans. Est-ce que tu l'a retrouvé ? Maman dit qu'il faut le récupéré.

Pour le cahier de devoirs de vacance, il est presque fini, sauf la partie qu'on doit faire à la mer. Si tu viens nous cherché la semaine de la rentrée des classes, on pourrai y aller. Je vais toujours très bien, la grande forme. Je me suis musclé à la ferme. Et toi, j'espère que ce petit voyage était bien.

Nicolas.

Cher Nicolas,

Te voila capable d'écrire de longues lettres, et de tuer une poule. Tu t'améliores. Mais tu as encore quelques progrès à faire, surtout en grammaire. Heureusement, la rentrée approche. Je te renvoie tes fautes corrigées, n'hésite pas à méditer sur les accords des participes passés. Mais passons.

Oublie un peu la ferme pour l'instant, je ne suis pas sûr qu'être fermier soit la meilleure idée. Surtout aux Echets. A ton âge, j'étais réquisitionné pour tous les travaux de la ferme, et crois-moi, la moisson n'était pas une partie de rigolade. Et les vaches qu'on trayait avec les mains gelées. A cette époque, Louisette me sortait du lit avant le lever du jour, et le pépé était toujours contrarié.

Je viendrai vous chercher, ta sœur et toi, samedi vers 2 heures et demie. Je vous prépare un petit programme jusqu'au dimanche environ

4 heures, parce qu'après j'ai la route et vous vos devoirs.

Grosses bises de papa.

La lettre de Nico était dans l'enveloppe. Mon père avait biffé le *s* final du mot ensemble. Nico encaissa la lettre, comme il avait avalé tout le reste. Il la rangea précieusement dans son bureau, à l'endroit même où je viens de la trouver. J'en suis à présent réduite à fouiller pour réunir quelques indices. Nico voulut garder la lettre, parce qu'elle avait une signification. Mais il n'acceptait pas que mon père ternisse l'image qu'il avait du pépé et de Louisette, il ne voulait pas savoir comment ils étaient avant, quand ils étaient jeunes. Il refusait de se représenter mon père enfant, avec ses frères, trimant à la ferme. Ni le pépé en patriarche intransigeant. Il savait qu'ils étaient tous partis, pas un n'avait repris la ferme, il ne savait pas pourquoi. Peu lui importait la jeunesse de mon père, et voilà qu'à cause de ces lettres, il allait apprendre ce qu'il ne voulait pas, il allait réveiller l'histoire ancienne. Mon père se confiait pour la première fois. Nous n'avions jamais rien entendu de tel à la maison, nous n'étions pas habitués, nous nous serions bouché les oreilles. Mon père ne supportait pas que les temps aient changé, que son enfance ait laissé place à notre enfance, dont il sous-entendait qu'elle était plus douce. C'est ce que disait la lettre. La lettre comparait deux enfances, jaugeait, évaluait, reprochait.

Mon père est venu nous chercher le week-end de la rentrée, comme prévu. Il nous attendait dans un café situé tout en haut de la rue, et non pas à la maison. Ma mère proposa de nous accompagner. Nous avancions sur le trottoir en portant nos sacs, comme si nous étions des candidats à l'exil. Ma mère marchait vite, elle savait que chacun la connaissait dans le quartier. Nous la suivions en baissant les yeux, pétris de honte. Nous avions l'impression que chacun nous montrait du doigt, nous pressentions que les enfants du divorce n'étaient pas comme les autres, marqués au front d'un sceau indélébile. Mais personne ne faisait attention à cette femme et ses deux enfants qui partaient à la rencontre de leur père parce que le droit de visite l'exigeait. Nous eûmes un temps d'arrêt avant de pénétrer dans le café, obscur et bruyant. Nous avions l'impression d'un rendez-vous secret, d'une situation irrégulière, quelque chose qui ressemblait à la prohibition. Nous nous demandions si mon père serait là, s'il serait celui qui attend ou qui se fait attendre. Il était assis au fond, face à l'entrée, masse claire dans la pénombre, chemisette à manches courtes, malgré la fraîcheur. Il se leva à notre arrivée, doucement, sans empressement. Il nous embrassa, Nico et moi, comme s'il avait été un oncle ou un ami, quelqu'un qu'on voit à l'occasion. Je ne l'ai pas vu embrasser ma mère ou alors j'ai détourné les yeux. Il nous a demandé ce que nous voulions boire d'une façon très courtoise. Ma mère a dit qu'elle devait y aller, elle n'avait pas soif. Elle a seulement ajouté : « Demain quatre heures. » Elle nous a serrés contre elle, furtivement, l'un après l'autre, puis est sortie. Nous sommes restés pétrifiés par l'étreinte bâclée, debout au milieu du café, comme si nous étions une rançon, une monnaie d'échange. Elle marchait bien droit, ses talons claquaient sur le sol. Les hommes assis au comptoir la regardèrent passer, la détaillant des pieds à la tête. Nico ne savait pas quoi commander, je sentais qu'il avait envie de déguerpir au plus vite. J'espérais, moi aussi, que nous n'allions pas passer l'après-midi dans ce lieu à deux cents mètres de la maison, avec l'obligation de nous parler. Pour nous faire plaisir, mon père commanda des Coca, effet de sa générosité affichée. Il demanda aussi des pailles, pour nous prouver que c'était la fête. Nico aspirait son Coca en faisant un bruit d'évier. Il n'avait pas envie de cette ambiance nouvelle, faussement joyeuse, où l'on ne doutait pas de notre enthousiasme. Mon père fit celui qui n'entendait pas. Nico accentua son effort de provocation, aspira encore plus fort. Je le regardais avec reconnaissance. Je le trouvais plus courageux que moi, j'étais admirative. Mon père nous annonça que nous irions passer l'après-midi au zoo, près de chez lui. Il avait prévu du pain sec pour nourrir les animaux. Nico a dit qu'il était interdit de donner à manger aux bêtes, qu'elles pouvaient en crever. Mon père a répondu : « Si l'on ne fait pas ce qui est interdit, alors on ne fait rien. » Nous sommes montés dans sa voiture, tous les deux à l'arrière, comme dans un taxi. Mon père nous regardait parfois dans le rétroviseur, pas pour nous surveiller, comme il faisait avant, mais pour vérifier que nous étions toujours là, que nous n'avions pas sauté en route. Il cherchait des sujets de conversation, mais ça tournait toujours autour de l'école. Est-ce que la rentrée s'était bien passée ? Et nos profs ? Et notre emploi du temps ? Et la cantine ? Nous savions qu'il s'en fichait, d'apprendre que nous mangions des poissons panés et des yaourts présucrés. Il ne nous demandait pas ce que nous ressentions, si nous acceptions de continuer de vivre ainsi. Nous avons donné du pain aux animaux, nous avons acheté des cacahuètes pour les singes, nous avons fait exactement ce qu'il attendait de nous. Nous avons mangé des glaces, en salissant nos vêtements. Mon père ne s'énervait pas. Rien n'avait d'importance. Il ouvrait son portefeuille sans arrêt, rien n'était trop cher, n'avions-nous pas une petite soif ? N'avions-nous pas envie d'un tour de pédalo sur le lac ? Il marchait à côté de nous en portant le sac en plastique avec le pain sec, se raccrochant au sac qu'il nouait et dénouait. Il ne filait pas devant comme il en avait l'habitude auparavant, il calquait son pas sur le nôtre, donnant à notre équipée un rythme étrange, pressée par rien, sans but, sans lendemain. Il retardait le moment de nous emmener chez lui, où nous devions manger et dormir. Il gara la voiture dans le parking d'une résidence de standing. Il appela l'ascenseur qui nous conduisit au cinquième étage. La plaque sur la porte d'entrée indiquait un seul nom : le sien. A l'intérieur, le ménage venait d'être fait. Nous ne savions où poser nos pieds. Il nous montra notre chambre, une petite pièce carrée avec des lits superposés et de la moquette gris foncé. Il nous montra la salle de bains, juste en face, puis le salon donnant sur une petite terrasse et enfin la cuisine, entièrement équipée, que nous avions aperçue en entrant. Il ne nous invita pas à visiter sa chambre dont la porte demeurerait soigneusement fermée. Nico posa son sac sur le lit d'en haut, y grimpa et fit voler ses chaussures avec une violence que je comprenais. J'eus peur qu'il ne casse une vitre. Je ne savais que faire, comment occuper l'espace, garder ou quitter mes chaussures. Je me sentais incapable de m'installer, comme si j'étais en visite chez des gens que je ne connaissais pas. Mon père nous proposa de prendre une douche avant le dîner, ce qui nous fit l'effet d'une blague. On se serait cru dans une pièce de théâtre. Une douche avant le dîner, et pourquoi pas l'apéritif ou une partie de bridge. Il lui fallait meubler, faire en sorte que le temps ne pèse pas trop lourd. Surtout pas de temps mort, seule l'action pouvait le tirer d'affaire. A chaque minute devait correspondre un geste, sinon nous aurions pu laisser paraître notre gêne. J'aimais l'idée de m'enfermer dans la salle de bains, de me recroqueviller au fond de la baignoire, sous le mitigeur dernier cri, mais j'avais peur de ne plus pouvoir en sortir, incapable d'ouvrir la porte qui me séparait de mon père, incapable d'articuler les quelques mots nécessaires au bon déroulement du weekend. Nico s'est assis dans une chaise longue sur la terrasse, puis s'est levé pour mieux profiter de la vue sur les toits de la ville. Il s'est accoudé à la balustrade, se penchant pour voir le soleil couchant. J'ai eu peur qu'il ne bascule, j'ai été prise d'une panique imbécile. Je me suis précipitée près de Nico, je ne l'ai plus lâché, je n'ai pas arrêté de lui parler, pour l'obliger à répondre. Je voulais entendre le son de sa voix, je voulais m'assurer que son cerveau fonctionnait encore, qu'il n'allait pas tout compromettre, pas ce soir, là, dans une ville que je ne connaissais pas. J'ai tenté de le ramener sur terre. Je lui ai demandé, sans me rendre compte que j'étais cruelle : « Tu crois que maman fait quoi ? »

Que faisait ma mère quand nous étions absents ? Que faisait-elle quand elle rentrait du café où nous avions rendez-vous avec mon père ? A quelle allure remontait-elle les trois étages ? En courant ou au contraire en se cramponnant à la rampe ? Je l'imaginais en train de mettre la clé dans la serrure, une heure pour enfiler la clé. Qu'est-ce qu'elle fout avec cette clé ? Va-t-elle enfin rentrer chez elle ? Après, elle est dans l'entrée, elle ferme le verrou derrière elle. Ses deux jambes sont plantées là, elle enlève sa veste, les gestes mécaniques, ça va, ça la tient debout. Elle avance jusqu'à la cuisine, la vaisselle n'est pas faite, tout est encore dans l'évier, et la poêle sale sur la cuisinière. Elle entre dans cette cuisine qu'elle ne voit même plus depuis tout ce temps, regarde par la fenêtre la mer au loin, elle sait que si elle s'assoit, elle ne se relèvera pas avant le soir. Elle tourne autour de la table, remet les quatre chaises en place. Elle enlève les miettes restées sur la nappe, d'un mouvement de la main, elle saisit l'éponge pour nettoyer ce qui est resté collé, le jaune d'œuf. Elle passe l'éponge plusieurs fois, frotte, fait place nette. Elle efface toutes nos traces. Puis elle allume une cigarette, elle ne l'a pas fait immédiatement. Elle essaie de ralentir, d'espacer, de faire diversion. Elle voudrait arrêter de fumer. Elle s'oblige à s'occuper les mains quand elle a envie d'une cigarette. Elle court-circuite le geste, trop évident. Elle le rend bancal, elle le met en sursis. Depuis qu'elle a quitté le café, elle pense à la cigarette qu'elle va fumer, elle ne pense qu'à ça. Elle se promet d'attendre, ne pas fumer dans la rue. Elle n'a jamais fumé dans la rue, il ne faut pas exagérer. Elle se fixe une échéance : monter d'abord les étages. Tant qu'à fumer, autant s'asseoir, se dit-elle probablement. Au moins, cette cigarette-là, elle l'appréciera vraiment, l'intention sera franche, sans arrière-pensée, sans culpabilité. Elle sait pourquoi elle y a droit, pleinement. Parce qu'elle souffre, d'accord, tout le monde souffre, mais il y a des degrés, des types de souffrance différents. Elle, c'est une souffrance compliquée, pas tragique, assez banale. Avec le mauvais rôle, celui de la victime, qui n'a pas encore compris que cette souffrance est peut-être une chance. Alors, elle estime qu'elle a droit à une compensation, ce calcul lui paraît insensé. Souffrir donne des droits. Elle n'est pas à une cigarette près, ce n'est pas cette cigarette, précisément, qui lui sera fatale, elle en est persuadée. Au contraire, cette cigarette-là va la porter, elle lui permettra de voir se dessiner l'avenir dans la fumée, c'est ce qu'elle se dit sans y croire. Peut-être saura-t-elle lire dans le petit nuage. Elle s'était préparée à notre absence, un week-end sur deux, elle s'était inventé de bonnes raisons d'apprécier la solitude. L'occasion pour elle de faire le point, de réfléchir à sa vie. Où en était-elle à quarante ans passés ? Mais aujourd'hui, de retour du café pour la première fois, elle n'a pas envie de se poser ce genre de question. Elle a le temps, on verra plus tard. Aujourd'hui est un jour spécial, on ne va pas tout mélanger. Elle se lève, ses jambes sont là, qui la transportent jusqu'à l'évier, elle peut leur faire confiance. Elle laisse le cendrier sur la table, avec les cigarettes. Elle prend le risque. Mais elle sait bien que sur la table ou pas ne change rien. Elle fait couler l'eau sur les assiettes sales, la pression est trop forte, elle se laisse surprendre, ses vêtements sont éclaboussés. Voilà, elle n'a pas eu le courage de mettre le tablier de cuisine. Il n'y a presque plus de produit vaisselle, il faut secouer la bouteille, ça complique encore les choses, ça fait des bruits de flacon qu'on presse. Ses cheveux tombent sur ses yeux, elle a mal fait sa queue de cheval, mais avec les mains mouillées, elle ne peut pas remettre les mèches en place. Elle fait de petits mouvements de la tête pour éconduire les mèches fugueuses. De dos, on pourrait la prendre pour une malade mentale, d'autant qu'elle frotte la même assiette depuis le début. Elle a bientôt fini, elle vide l'eau sale qui sent mauvais. Elle a horreur de cette eau grasse qui lui glisse sur les mains. Après, elle se lave les mains plusieurs fois, elle frotte avec le savon de Marseille que nous trouvons trop gros pour nos mains à nous. Elle lave aussi ses avant-bras. Elle passe directement à la cuisinière, tachée d'huile de cuisson, sans se retourner, sans lorgner vers le paquet de cigarettes. Elle frotte les brûleurs, poisseux et noircis, elle rince l'éponge, frotte encore, elle n'a jamais récuré la cuisinière avec autant de minutie, toute la saleté y passe, même les taches accrochées depuis des lustres, durcies, incorporées. Elle les déloge en les grattant avec la lame d'un couteau, en prenant garde de ne pas rayer l'émail de la plaque de cuisson. Elle se concentre, elle trouve du plaisir à répéter ce geste, la lame vient à bout du petit amas superflu, elle fait attention de ne pas se couper, ce serait le bouquet. De la sueur perle sur son front, sur les ailes de son nez. Elle est tout entière absorbée à sa tâche, ses épaules bougent, ses hanches bougent, elle est concentrée, elle ne pense à rien, elle frotte, comme elle ne l'a jamais fait, elle est en dehors du temps, elle se retrouve à l'âge de pierre, en train de polir un silex, portée par la patience et par l'espoir. Tout son corps est réquisitionné pour tenter d'effacer la tache énorme qui est tombée dans sa maison.

Nico s'acharnait. Il attendait de son corps qu'il lui apporte toutes les réponses. Il pliait ses membres à toutes les torsions, à toutes les tensions. Il infligeait à ses poumons un rendement maximum, petite usine mise à l'épreuve matin et soir. Ses muscles durcissaient enfin, lui seul le constatait, il était à l'affût, il en connaissait les proportions exactes. Lui seul pouvait évaluer le léger renflement qui donnait à sa silhouette un dessin nouveau, comme des vaguelettes sous la peau. Il mesurait ses biceps, ses cuisses, son torse avec le mètre de couturière qu'il empruntait secrètement à ma mère. Il notait la progression dans un cahier, il consignait l'infime changement et courait ranger le mètre à sa place. La chambre de Nico se transforma en une salle de sport. Il demanda qu'on installe un miroir contre le mur. Sur le sol et sous le lit traînaient des haltères et des barres, on ne savait plus où mettre les pieds. Ma mère refusait d'y faire le ménage. Elle renonça même à y entrer, laissant Nico définitivement maître des lieux, reculant devant l'étrange transformation. Nico modifiait sa façon de s'habiller. Il était le plus souvent en tenue de sport, débardeur ou tee-shirt dont il retroussait les manches sur les épaules pour faire apparaître la musculature. Il avait une façon nouvelle d'ouvrir et fermer les portes, qu'il talochait le plus souvent d'un coup de pied. Il semblait acquérir une assurance un peu troublante, que je savais feinte. Son port de tête et son regard se voulaient supérieurs, son jugement devenait dédaigneux. Nico parlait peu, se livrait peu, j'avais du mal à l'approcher. Nous avons vécu des mois difficiles. J'avais besoin d'aller vers lui, pour ne pas porter seule mes inquiétudes. Ma mère me préoccupait, toujours elle, ses cernes sous les yeux, ses tranquillisants. Nico refusait de m'aider, il refusait de réfléchir, il fonçait tête baissée dans sa nouvelle entreprise. Il disait : « Ça sert à quoi de penser ? Tu t'apitoies sur ton sort, et après ? » Nico se cachait, se rétractait. Plus son corps s'épanouissait, plus son esprit fonctionnait au ralenti. Il semblait couler, se laisser aller à une lente immersion. Nico était sous anesthésie générale. Il me regardait de travers avec mes tentatives d'approche, mes sous-entendus. Il voulait la paix, tout simplement la paix, était-ce trop demander ? Il s'octroyait le droit de ne plus penser, il se mettait un instant entre parenthèses. C'est tout ce qu'il avait trouvé pour se protéger.

Ma mère assistait à la dérive de Nico, sans s'alarmer. Elle ne voyait pas qu'il érigeait un mur derrière lequel il s'isolait. Elle butait chaque jour contre les fortifications mais ne tentait pas de les abattre. Elle se cognait inlassablement, elle était pleine de bleus. Mais ces bleus semblaient indolores, elle ne s'en plaignait pas. Devenait-elle insensible ? Elle ne pouvait aborder Nico de face, lui parler dans les yeux, elle n'obtenait rien, aucune réponse, aucun indice, il ne faisait plus signe. Elle essaya de le prendre de biais, fit des détours, emprunta des chemins escarpés. Mais Nico refusait de voir les efforts de ma mère, comme s'ils arrivaient trop tard. Le mal était déjà fait, Nico était inaccessible. Ce fut l'école qui alerta ma mère, vint la secouer alors qu'elle somnolait. Le directeur la convoqua, alla droit au but. On ne pouvait pas garder Nico, à cause de sa violence, son intransigeance, son arrogance. Ma mère demanda au directeur s'il n'y avait pas erreur sur la personne. Si on parlait bien de son fils, Nicolas. Mais il y avait plus grave. Nico était dangereux, il était peut-être même malade. Ne faudrait-il pas lui prodiguer des soins ? Il avait, la veille, enflammé une poubelle, heureusement, on l'avait surpris à temps. On avait trouvé dans son sac une bouteille d'essence. Qu'avait-elle à répondre à cela ? Rien, elle n'avait rien à dire, elle regardait les yeux du directeur derrière ses lunettes. De petits yeux de myope assez disgracieux. Elle regardait le placard au fond du bureau, puis elle regardait ses mains, comme une mauvaise élève, elle baissait la tête. Elle aurait pu contester, se débattre, défendre son fils, elle aurait pu accuser le directeur d'y aller un peu fort, elle aurait pu faire un scandale. Elle aurait pu lui trouver des circonstances atténuantes, invoquer les troubles familiaux, le choc affectif, la fragilité, celle de Nico et la sienne. Non, ma mère écoutait sans broncher le réquisitoire. Elle se tassait sur sa chaise, s'affaissait sous les assauts répétés. La vie de Nico semblait se résumer aux quelques phrases prononcées par le directeur, comme si rien n'avait existé avant, comme si les quinze années passées à élever Nico se réduisaient d'un coup à cet échec-là. L'école de la République rejetait son fils, il était banni, indésirable. Ma mère trébuchait sur une épreuve nouvelle, et mon père qui était loin à présent, à qui il faudrait téléphoner, qu'il faudrait sans doute revoir, à qui il faudrait mentir, pour qu'il ne rejette pas Nico, pour qu'il accepte d'envisager pour lui un avenir.

Mais Nico ne voulait pas d'avenir, il s'en fichait. Il aurait voulu remettre de l'ordre dans son passé, s'il avait pu, rattraper ses années d'enfance, les distordre, les passer à la moulinette, les agencer autrement. Il aurait voulu avoir la force qu'il a gagnée aujourd'hui, pour boxer les indésirables, anéantir les patients fauchés qui monopolisaient ma mère pour pas un rond. Il leur aurait fait la peau, il les aurait désintégrés au lance-flammes dans l'escalier, il leur aurait arraché les ongles, il les aurait renvoyés dans leur pays, et là il insiste, il les aurait mis dans un bateau. A cause d'eux, il a subi le vieillissement de ma mère, son épuisement, son renoncement, c'est ce qu'il croit. Il leur fait porter toutes les responsabilités, il mélange tout, la violence de mon père, l'humiliation, le piquet, les difficultés en classe, le pipi au lit, les moments de bonheur partagés dans ma chambre, chez Louisette, les parties de cerf-volant, l'odeur de pâte à crêpes dans la cuisine de la ferme. Il ne fait plus la différence, son enfance devient comme de la bouillie, un champ de bataille où se mêlent la lumière et l'obscurité, la douceur et le chaos, les cris et le silence. Il voudrait s'extraire de ce magma, en finir avec l'enfance, il voudrait se vider la tête de toutes ces images encombrantes, s'ébrouer comme après la baignade. Parce que rien ne disparaît, ni le bien ni le mal, rien ne se dissipe. Chaque instant pèse de tout son poids. Nous sommes infestés, contaminés, nos cellules, nos globules, nos nerfs ont la charge de notre histoire. La mémoire se répand dans les tissus, coule dans les veines, elle fait des ravages. Nico inspire, expire, souffle, transpire. Nico pousse de petits cris quand l'effort est trop intense. Il demande à son corps de construire une digue, il se croit sauvé.

Ça veut dire quoi grandir ? Ça veut dire qu'un jour on s'ennuie chez Louisette. On est sur le chemin, les pieds dans les flaques, c'est le début de l'après-midi et on a envie de rien. On regarde ce qui nous entoure, on regarde plus loin qu'avant, on scrute l'horizon. On attend, sans savoir ce qu'on attend. On n'a pas envie d'être là, on a envie d'être nulle part, ni de rentrer à la maison, ni d'aller chez notre père. On est l'un à côté de l'autre, on a épuisé les jeux, on ne s'étonne de rien, ni de l'avion qui laisse une traînée blanche dans le ciel, ni de la vache qui vient de mettre bas. On est dehors sous les nuages, on sait qu'il va encore pleuvoir. On est accroupis, près du sol, on a peur de chavirer debout. On ne parle pas, on est comme deux chats de la même portée, blottis l'un contre l'autre. On gratte la terre avec nos doigts, nos ongles sont noirs. On ne sait rien faire d'autre, on n'a pas d'idées. Les vélos sont cassés, jetés au fond du hangar. On est mal. On est entre deux mondes, sur un fil au-dessus de l'abîme. On a le sentiment du temps qui passe pour rien, qui avance sans nous. On est suspendus, en sursis, on croit que tout est grave, que tout est triste. On se demande ce qu'on fait là, chez Louisette qui ne nous regarde plus que par intermittence. Elle semble perdue dans sa ferme immense, elle confond le matin et l'après-midi, elle ne sait plus faire à manger. Elle part donner le grain aux poules, mais elle prend la mauvaise direction. Elle ne sait plus où étendre le linge. Elle oublie qu'elle a une machine, elle lave à la main. Quand nous tournons dans la cuisine, un peu avant midi, elle ne comprend pas ce qu'on fait là. On n'ose rien dire. On lui demande si elle n'a pas faim. Elle se ravise alors, elle cherche son épluche-légumes dans tous les tiroirs, elle nous soupçonne d'avoir caché le bouchon de la cocotte-minute. Elle met les pommes de terre sur la table et les regarde, désespérée. Elle ne trouve plus les gestes. Elle ne sait plus éplucher les patates, elle ne sait plus comment allumer la cuisinière, quel bouton tourner. On reste alors les bras ballants, on est sidérés. On n'a pas l'idée de prendre les choses en main. On est comme deux emplâtres, on n'ose pas se substituer à Louisette. Le pépé ne rentre plus manger à midi, il reste dans les champs. Il casse la croûte tout seul, assis contre la roue du tracteur. Il ne veut pas voir Louisette, ses yeux étonnés, son pas indécis. Il s'éloigne le plus qu'il peut, il emporte une bouteille de rouge avec lui, qu'il boit jusqu'à la dernière goutte, le dos tourné. Il refuse d'admettre que c'est la fin, pour Louisette qu'il ne pourra bientôt plus garder à la ferme, pour l'exploitation, à l'agonie depuis plusieurs saisons. Il s'entête à ignorer que sa vie part en lambeaux. Il fait durer, le pépé, il vit dans l'illusion. Ça veut dire tout cela, grandir. Voir ce qu'on a voulu nous cacher et qui pourtant nous crevait les yeux. Ne pas savoir que faire de sa peau, hésiter entre dedans et dehors, avoir l'impression qu'on gêne. On voudrait s'excuser d'être là, dans l'embrasure des portes, d'obstruer le passage, de cacher la lumière. On voudrait débarrasser le plancher, disparaître, ne plus avoir sous le nez la détresse des adultes. On ne sait comment faire, on ne sait pas consoler, ni compatir, ni exprimer ce qu'on a sur le cœur, on est trop maladroits. Tout est si confus, on pourrait prendre la tristesse pour de la révolte, on pourrait claquer les portes parce qu'on ne sait pas dire qu'on a mal. On pourrait croire qu'on étouffe la nuit à cause de la chaleur. Alors on dort la fenêtre ouverte. Ou plutôt on ne dort pas, on écoute le cri terrible des grenouilles tard dans le noir, on est à l'affût des va-et-vient. On entend Louisette qui descend l'escalier, on espère qu'elle ne tombera pas, on sait qu'elle marche en bas, on se demande ce qu'elle cherche, on n'ose pas la rejoindre pour la remonter dans sa chambre. On est tapis, chacun dans son lit, apeurés, on attend.

Nous avions peur de grandir, peur de rester des enfants, peur de mourir. Le pépé nous mettait en garde quand nous cueillions des champignons : ne pas confondre les rosés des prés et les amanites vireuses, mortelles. Les amanites poussent généralement à la lisière des bois, en bordure des prés, nous disait le pépé, elles ont une bague, une volve et un petit mamelon sur le sommet du chapeau. Il faut couper le champignon en deux pour être sûr, ne pas risquer l'empoisonnement. Si c'est rose, c'est comestible, si c'est blanc ou gris rosé, c'est une amanite. Une seule dans la poêlée suffit pour être liquidé sur-le-champ, raide. Le pépé nous demandait de lui soumettre tous les champignons que nous ramassions. Il disait que Louisette n'avait pas de bons yeux, que dans la semi-obscurité de la cuisine, elle n'aurait su nuancer le rose et le gris. Il disait que des amanites, il en poussait une bonne quantité, mais le long du chemin. Nous avions peur du champignon mortel. Nous rentrions de la cueillette avec un panier rempli à ras bord, deux bons kilos qu'il fallait passer sous l'eau et couper avant la cuisson. Le pépé regardait à toute vitesse, il disait : « C'est bon », il ne vérifiait pas vraiment. Nous étions inquiets. Nous allions trouver Louisette. Elle disait en riant : « Je ne connais personne qui est mort empoisonné », elle ne vérifiait pas vraiment. Au moment de nous mettre à table, nous étions incommodés, Nico et moi, à l'idée de l'amanite infiltrée par mégarde, qui dispenserait à chacun un repos éternel. Nous retournions chaque champignon dans notre assiette, procédions à une dernière inspection, puis mastiquions longuement avant d'avaler, incapables d'apprécier le parfum du rosé des prés. Nous n'osions pas, face au pépé, nous comporter comme des lavettes, nous faisions semblant de nous régaler. Nous mangions les champignons comme on joue à la roulette russe, pauvres héros sans panache. Nous savions que l'amanite agit à l'heure de la digestion, que les premiers symptômes sont des convulsions, qu'il n'est pas nécessaire d'appeler le Samu, il est trop tard, le poison s'est répandu dans le sang. Nous nous disions c'est trop bête, l'idée de mourir sans revoir nos parents, une mort minable dans la cour d'une ferme sous un soleil d'automne. Nico pensait que ça leur ferait les pieds aux parents, à mon père surtout. Il se mordrait les doigts, aurait des regrets éternels. Mais aucune amanite ne venait nous soustraire à l'emprise des parents, nous nous étonnions d'être toujours en vie, parfaitement en forme, peut-être quelques picotements au bout des doigts, un engourdissement léger, mais ce n'était rien, une fausse alerte. Nous étions bien vivants, debout sur nos pieds, prêts pour le combat.

Cher papa,

Comme finalemment, tu viens pas la semaine prochaine, je décide de t'écrire. Tout va bien. La santé surtout qui est bonne. Une forme olimpique. Je suis allé chez le coifeur qui m'a ratiboisé. Laura se moque de moi, c'est une vraie coupe militère. Ça me fait plus vieux. A l'école, on a choix entre judo et atlétisme pour le premier trimestre. J'ai rien choisi. Pour le judo, il fallait acheté la tenue plus les cintures. Ceux qui ont pris judo parle japponais avec le prof.

J'en ai parlé au pépé, pour la ferme, peut-être que je pourrait l'aidé. Mais il répond pas. Il fait trainé. Il dit que Les Echets, c'est foutu, qu'il n'y a plus rien à en tiré. Je croyais qu'il serait content, mais au contraire ça la mi dans un état bizar.

Peut-être que si toi tu lui en parler, mais sans dire que je t'ai demandé.

Nicolas.

Cher Nicolas,

J'ai bien reçu ta lettre. je ne comprends pas trop ces histoires de judo. C'est obligatoire ou non ? Ça te ferait pourtant le plus grand bien. On en reparlera.

Je passe sur les fautes cette fois, je n'ai pas le temps de détailler les corrections, mais c'est alarmant. J'ai un travail monstre, un salon en Loire-Atlantique qui démarre dans quelques jours, et les nouveaux modèles ont du retard. Il s'agit des RAV (Recreative Active Vehicle), tu en entendras bientôt parler, les voitures de l'avenir. Si ça t'intéresse, je peux t'envoyer des brochures. Je serai donc empêché les deux week-ends qui viennent. Votre mère est au courant. Peut-être que la prochaine fois, vous ferez la moitié de la route. Les trajets sont pesants, moi qui roule déjà toute la semaine. On se donnera rendez-vous dans un endroit que je connais.

Pour Les Echets, je t'ai dit de t'enlever cette idée de la tête. L'agriculture, c'est fini. Qu'est-ce qu'on peut faire avec dix vaches et un bout de champ ? Les bâtiments tombent en ruine, personne n'en voudrait. Ce que tu as de mieux à faire est de travailler en classe, depuis le temps que je le répète. Des diplômes avant tout, et loin de la campagne.

Grosses bises.

Papa.

Nico enfouit ces lettres au fond de son tiroir. Elles sont des preuves, elles brûlent les doigts de Nico. Elles crèvent les yeux comme un flagrant délit. Qu'est-ce qu'on fait des preuves quand on est réduit à l'enfance, au silence ? N'est-on pas tenté de les liquider ? Effacer les traces, détruire les indices, refuser la vérité pour ne pas plonger. Que dois-je faire aujourd'hui de ces papiers froissés ? Je les déchiffre en ayant le sentiment de m'emparer d'un secret. Ces quelques feuilles presque illisibles m'aideront peut-être à comprendre pourquoi Nico en est arrivé là.

On n'entendit plus parler de cette correspondance échangée pendant plus d'une année. Elle cessa d'un coup, comme cessèrent les illusions qui lui étaient attachées. Mais restèrent des mots, des bouts de phrases, des détails sans doute, qui tournèrent en boucle dans la tête de Nico. Il y avait aussi ses lettres retournées, renvoyées à l'expéditeur comme on éconduit les indésirables, ses lettres raturées, des syllabes entières biffées, barrées, corrigées. La paternité, telle que la pratiqua mon père, n'était-elle qu'une vaste entreprise de correction, une parole sans cesse coupée ? Je n'aimais pas la façon qu'il avait d'écrire noir sur blanc : « *Votre mère* est au courant. » *Votre mère,* comme s'il ne pouvait désormais la nommer autrement, comme s'il n'avait plus aucun lien avec elle. Il écrivait *votre mère* comme on dit *votre problème, vos oignons.* Il nous la léguait, nous en faisait don, nous la livrait sur un plateau, il s'en débarrassait, nous étions une sorte de dépotoir prêt à recevoir tous les rebuts. De son côté, ma mère avait pris l'habitude de dire *votre père*. Ils se renvoyaient la balle, elle échouait à tous les coups dans notre camp.

Les fugues de Nico, les migraines de ma mère, c'était devenu un grand classique. Après la visite chez le directeur, l'histoire de la bouteille d'essence, Nico a disparu. Il a d'abord insulté le directeur, a déclaré que s'il avait su, il lui aurait fait péter la bouteille à la gueule, à ce salaud qui convoque les parents dans son dos. Que s'il avait su, il lui aurait fait bouffer ses lunettes de dirlo de merde. Et qu'il retournerait bien y mettre le feu, à ce bahut pourri. Et que ça tombait bien qu'il soit viré, parce qu'il n'était pas question qu'il remette les pieds dans ce bordel. Nico était au milieu de la cuisine. Quand il levait les bras brusquement, j'avais peur pour nos têtes, celle de ma mère et la mienne. Il a mis un coup de latte dans le pied de la table, mais il a eu l'air gêné après. Là, ma mère a dit : « Tu te calmes », sans même hausser la voix. Mon frère avait encore dit des « putain » et des « fumier » et quelque chose comme « Y en a que pour la racaille », nous n'avions pas eu le courage de relever. Il était sorti en claquant la porte bien sûr, pour ponctuer la scène d'un geste définitif. Ma mère est restée enfermée une journée entière dans sa chambre à cause de la migraine. C'est ce qu'elle a dit. Elle a fait fondre un médicament dans un verre d'eau, elle semblait avancer comme dans un tunnel, à l'aveuglette, pour rejoindre sa chambre. Elle a enregistré un message sur le répondeur du cabinet médical, annonçant que les consultations étaient annulées ce jour, elle a placardé un panneau sur la porte, et rideau. Je ne l'ai plus revue jusqu'au soir. L'appartement s'est rempli d'un silence épais, poisseux. Un soleil pâle entrait par les fenêtres du salon et tentait de réchauffer l'atmosphère. J'ai entendu ma mère baisser les stores de sa chambre. C'était un mercredi. Plus tard, j'ai perçu les allées et venues dans l'escalier, les mères qui gravissaient lentement les étages en tenant les enfants par la main. J'imaginais leur déconvenue une fois devant la porte. Elles rebroussaient chemin, remballaient les fièvres et les maux de ventre, traînaient la savate, rentraient chez elles à contrecœur. C'était la première fois que ma mère laissait les malades sur le carreau. J'étais aux aguets. La migraine était-elle capable de vous terrasser de la sorte ? Je me reportai à mon atlas médical, qui m'enseigna la différence entre les vaisseaux sanguins rétrécis et les vaisseaux dilatés, désignant un coupable, la sérotonine. La migraine faisait partie du volet « Affections vasculaires cérébrales » où l'on traite également des congestions et hémorragies cérébrales (un tiers des victimes en meurent, un tiers en gardent des séquelles invalidantes, soit dit en passant), le tout dans le grand chapitre du système nerveux. Forte de ces bonnes nouvelles, je refermai l'atlas, aucun des problèmes n'était résolu. Je ne tentai même pas de récapituler. Je ne tentais rien. Surtout pas, ne pas bouger, ne pas agiter les particules dans l'atmosphère. Ne pas attirer l'attention des dieux, forcément en colère, ni des anges gardiens dont je commençais à douter des compétences, ne pas remuer la couche d'ozone. Ne pas respirer. Hiberner, je ne voyais plus que ça, me faire congeler dans un bloc de glace et attendre que ça passe, que ça passe vraiment, les saisons, l'adolescence, la mémoire, l'inquiétude, que ça passe pour Nico aussi, qu'il se fasse congeler avec moi, qu'on parte à la dérive vers le pôle Nord, n'importe où mais loin de cette contrée où la terre se craquelait sous nos pas, où nos cœurs commençaient à se fendiller.

Mais Nico ne s'est pas fait congeler, c'est ce qui aurait pu lui arriver de mieux. Il a peaufiné jour après jour son entreprise d'endurcissement, il a fini par mater chacune de ses cellules, jusqu'à s'anéantir lui-même. Pour éviter que les coups ne l'atteignent, pour conjurer l'incompréhension et le refus. Il a verrouillé toutes ses issues, cadenassé tous ses désirs. Il s'est fermé au monde, de peur que le monde ne le traîne dans la boue. Il a continué de vivre mais sans attendre rien. Il s'est endurci pour pouvoir vivre contre, son seul objectif, son combat insensé. Contre quoi ? Nico s'est mis à raser les murs, à murir des complots, comme s'il était menacé. Il s'est inventé une cohorte d'ennemis, une foule d'opposants, il s'est cru perdu face à un monde hostile. Il se comporta comme un combattant de la dernière heure, toujours sur la défensive. Il achetait des cigarettes avec le maigre argent de poche que lui donnait ma mère. Il se servait parfois en douce dans son paquet. Il fumait avec un geste du poignet plein de désinvolture, il recrachait la fumée en soupirant. Il décapsulait les bouteilles de bière avec les dents. Il buvait seul dans sa chambre ou lors de ses virées nocturnes. Sa démarche se voulait puissante, son pas claquait sur le pavé. Bien que ses chevilles flottent dans ses chaussures, il aimait le bruit des bottes. Mais il avait gardé un sourire de gosse, le sourire qu'il n'adressait qu'à moi quand les parents l'avaient disqualifié. Nico s'éloignait de moi, attiré par on ne sait quelle lumière. Il pouvait à présent m'éconduire comme une sœur devenue trop encombrante. On ne savait plus qui il était, l'adolescent soumis, timide et maladroit, ou le jeune adulte taciturne au regard noir en proie à un profond tourment ? On le prenait encore pour un brave garçon prêt à recevoir leçons et conseils, l'échine un peu courbée, on le croyait docile, toujours prêt à récupérer les deux doigts d'amour qu'on lui donnait. Mais il se rétractait, refusait l'autorité comme l'affection, louvoyait pour passer entre les mailles de tous les filets. Nico était tout cela à la fois, mi-diable, mi-séraphin, adolescent en proie à tous les troubles mais aussi fasciné par tous les excès. Je m'y perdais, je ne trouvais plus le chemin qui me conduisait jusqu'à lui, je veux dire jusqu'au Nico de mon enfance, mon petit frère fragile et cruel. Je n'ai pas eu le temps de faire attention, de me poser les bonnes questions. Je m'étais inscrite en première année de médecine, pour faire plaisir à ma mère. Je travaillais dur, j'avais besoin de silence, j'étais absente une grande partie de la journée. J'étais gênée, aussi, d'entrer à la faculté, de prétendre mener des études aussi prestigieuses. Quelque chose me dérangeait, à cause de Nico, qui ratait tout, qui rapportait à la maison des notes minables, qui ne supportait pas qu'on s'intéresse à lui. Ma mère avait trouvé à l'inscrire dans une école privée à l'autre bout de la ville, seul établissement qui l'accueillait les bras ouverts et dans lequel on lui enseignait des techniques commerciales. Nico n'en parlait pas, il était rétif à tous les apprentissages, il fonçait tête baissée, les yeux fermés. Ma mère payait tous les trimestres, elle achetait un sursis de tranquillité. Nico se faisait oublier, comme s'il s'était désormais imposé une loi de silence et de patience. Il ne s'autorisait pas de coups d'éclat, pas d'actes de révolte, il avait ravalé sa rage, détourné sa colère. Et ce calme apparent, cette insensibilité affichée ne me disaient rien de bon. Je ne croyais pas Nico capable d'en rester là, immobile, fuyant. Cette trêve inattendue était suspecte. C'était inscrit sur son visage, un visage nouveau, qui me mettait mal à l'aise : la coupe de cheveux, deux millimètres sur la tête, les pommettes qui durcissent les traits, les oreilles un peu décollées et le duvet de la barbe qui n'est plus un duvet, mais une matière piquante, rasée. Le visage de Nico était celui d'un homme en devenir, un presque homme assis entre deux mondes, un mutant à la peau grise et ombreuse. Sa voix avait changé de registre, elle avait d'abord un peu déraillé, comme s'il s'était agi d'une erreur, elle avait eu besoin de temps pour trouver sa nouvelle octave puis s'était affirmée, souterraine et pâteuse, provoquant le trouble dans la maison. Parce que la voix de Nico était celle de mon père, ça n'arrangeait personne. Et surtout pas Nico qui, le premier surpris, se serait volontiers bâillonné, il se serait bien charcuté les cordes vocales pour en altérer la tessiture, il se serait laissé opérer des amygdales, il aurait fait n'importe quoi, s'arracher la langue, se perforer le palais, avaler des lames de rasoir, pour ne pas entendre le son inconcevable de cette voix qui sonnait comme une trahison. Il se sentait parasité, comme s'il avait avalé mon père, transformé soudain en un ventriloque réticent, désormais possédé. C'était sans doute pour cela que Nico gardait le silence, ne nous racontait rien, à ma mère et à moi, nous contraignait à des monologues insensés, comme s'il s'abstrayait de toute chose, comme si tout lui était égal. Il levait les yeux vers nous, vérifiait que nous étions bien vivantes, il aurait pu tendre le bras pour nous toucher, s'assurer que nous n'étions pas un mirage. Il lâchait parfois une ou deux paroles comme on jette un os à un chien, pour avoir la paix, pour qu'il ne soit pas tenté de mordre. Il avait la science du dosage, le compas dans l'œil. Il manipulait ma mère, la tenait à sa merci. Elle encaissait sans broncher, les soupirs, les silences, les sarcasmes. Nico allait et venait dans l'appartement sans quitter ses chaussures, il se mettait à table sans se laver les mains, il partait à l'école sans avoir fait son lit. J'étais consciente de ces manquements très légers, à peine perceptibles, disant plus la lassitude que l'arrogance. Ce n'était pas la révolution, mais on sentait l'avènement d'une ère nouvelle, un basculement infime, un relâchement, comme une baudruche qui se dégonfle. Nico nous tenait sous son emprise, édictait ses lois qu'il assenait en douceur, inoculait au fil des jours ses menaces d'anéantissement. Et nous étions bientôt paralysées, ma mère et moi, elle parce qu'elle n'avait plus de prise sur son fils qui lui glissait entre les mains comme un poisson gluant, et moi parce que je ne savais plus quel langage lui parler. J'avais l'impression que les mots n'arrivaient pas jusqu'à lui, qu'il ne les comprenait pas. Je ne savais plus ce que nous pouvions encore partager. Mes tentatives d'approche avortaient, mes signes étaient perçus comme des attaques, mes appels restaient sans réponse. Essayait-il de son côté de mettre au point un rapprochement ? Je ne l'ai pas remarqué, j'ai attendu qu'un geste, une parole me parvienne, qui m'aurait assurée que Nico était le frère de toujours, l'autre partie de moi-même. Rien n'est arrivé, je me suis replongée, blessée, dans mes cours de médecine.

J'ai imaginé que Nico avait de nouvelles préoccupations. J'ai pensé aux filles, bien sûr, qu'il regardait d'un œil différent, avide mais coupable. Comme si convoiter une fille lui posait un problème de conscience, comme s'il était gêné. Je me gardais bien de lui poser des questions mais je brûlais de savoir, comment il s'y prendrait, quel type de fille il aimerait. Je sentais chez Nico une violence contenue, je croyais déceler les signes d'un embarras profond, d'un trouble presque maladif. Je me demandais, en fin de compte, s'il ne préférait pas les garçons. J'avais un ami, à la faculté, qui avait renoncé aux filles parce que l'approche, disait-il, en était trop compliquée, les étapes de la séduction trop périlleuses, avec simagrées, fausses alertes et vraies déceptions. Un parcours du combattant qui l'avait décontenancé. Ce qu'il aimait, en revanche, avec les hommes, c'était la simplicité, la façon d'aller droit au but, c'était oui ou non. Je m'interrogeais à propos de Nico parce que je le sentais vulnérable, à la recherche d'un idéal très spécial, fait d'ordre et de rigueur, je le savais fragile et intransigeant à la fois, prêt à se briser à tout instant. Nico aimait les filles, il n'y avait pas de doute. Il les aimait même un peu trop, à sa façon. Le désir se muait en obsession, il était attiré par leurs attributs purement sexuels. Il voulait profiter des filles le plus rapidement possible, goûter à tous les plaisirs, manger à tous les râteliers. Son regard plein de convoitise me mettait mal à l'aise, quand, dans la rue, il se retournait sur une adolescente court-vêtue qu'il déshabillait du regard, ou pire, sur une femme plus mûre aux formes trop voyantes. J'en avais des palpitations. Non pas à cause du désir, mais parce qu'il s'exprimait chez Nico d'une façon inquiétante. Il s'imprimait comme un masque sur son visage, dilatait ses narines, jetait des éclats troubles et violents dans ses yeux. Ce désir-là me dérangeait parce qu'il était trop évident, sans nuance aucune, brut et menaçant, un désir déformé par la honte. L'homme croisant la femme, le sexe mis à nu, l'effroyable rencontre. Il n'y a plus d'oxygène, rien qu'une respiration qui me fait horreur, l'image de Nico se jetant sur sa proie, oubliant qu'il est un humain. Nico aurait suivi toutes les filles, aurait succombé pour oublier d'où il vient et où il va. Nico découvrait le sexe comme antidote, comme négation de soi. Mais les filles résistaient, ne se donnaient pas comme il l'espérait. Son insistance les effrayait, ses efforts de persuasion leur faisait prendre la fuite. Nico se mit à les traquer. Il ressemblait à un animal dont la seule ambition est d'assouvir son besoin, un animal impatient, empêché d'en venir aux faits.

Je savais que tout pouvait encore basculer, je voulais croire que Nico allait se réveiller, qu'il allait me revenir. Ce n'était pas la première fois qu'il me faisait le coup. Il viendrait me trouver avec ses yeux d'avant, nimbés d'une innocence feinte, il saurait me charmer pour que j'accepte, une fois encore, d'être complice de ses faux pas et de ses fugues. Je jouerais mon rôle de sœur aînée, je tendrais un écran entre lui et les parents, comme avant, j'amortirais les chocs. J'en ferais un peu trop. Je flatterais son ego de petit mâle farouche. Je n'oserais pas le brusquer, je ne saurais pas lui dire non, je me laisserais rouler dans la farine, parce que j'aurais besoin de le sentir près de moi. Je déroberais de la nourriture dans le placard que je porterais jusqu'au bunker, je lui donnerais des nouvelles de la maison, je lui mentirais pour le rassurer, comme je le faisais quand mon père était encore là. Je sais qu'il est à présent enfermé dans son refuge et qu'il écoute la rumeur de la mer, alors que chacun le recherche. C'est sa planque que je suis la seule à connaître. Je n'aime pas me rendre dans ce lieu froid et hostile dans lequel s'insinue le vent du large. Il nous est arrivé une drôle d'histoire dans le bunker, dont je n'ai jamais parlé à personne. Je ne sais si Nico se souvient, s'il a volontairement oublié. Je l'avais attiré contre moi, et lui avais permis de toucher ma peau sous le pull-over, sans réfléchir, sans rien préméditer, simplement pour sceller un pacte entre lui et moi, accéder à une autre dimension. Un moment qui arrive comme par effraction, vous ligote pieds et poings, vous laisse bouche bée. D'un coup, alors que l'après-midi est sur le point de s'achever, alors qu'il est temps de rentrer à la maison, quelque chose a lieu qui n'a pas de nom, qui ressemble à une révolte longtemps contenue, un appel au secours, quelque chose d'infiniment petit et grand à la fois. Le bras de l'un se tend vers le bras de l'autre, frêle et hésitant. Les épaules se frôlent, la peau frissonne, les yeux s'affolent dans la pénombre du bunker. Le jour n'a plus d'épaisseur, le temps glisse par-dessus les nuques tremblantes. Et d'un coup, Nico fait tout voler en éclats, il se détourne, refuse de voir ce que je veux bien lui montrer. Il me repousse violemment, se cabre, me désigne comme l'agresseur et lui la victime. Il crache par terre et me plante là. Après, il me fait face pendant le repas du soir. Il a l'air furieux, il ne lève pas les yeux vers moi. Il refuse de manger.

Nous n'irons plus chez Louisette. C'est mon père qui nous l'avait annoncé. Elle allait être transportée dans une maison spécialisée, avec du personnel pour s'occuper d'elle. Le pépé était dépassé. Il n'avait pas de quoi payer. C'était plus de dix mille francs par mois et la sécurité sociale remboursait à peine la moitié. Il fallait compter le prix des couches, exorbitant. Le pépé était aux cent coups. C'était mon père qui allait payer avec ses frères. Il faisait savoir à tout le monde qu'il allait payer, il ajoutait que c'était normal, que c'était sa mère. On ne bronchait pas. Le pépé allait essayer de vendre du matériel agricole mais, d'après mon père, personne n'en voudrait, c'était du matériel complètement dépassé. Et leur mutuelle ? Et la Caisse agricole ? Et le pépé, allait-il rester aux Echets ? Mon père était de mauvaise humeur. S'il avait su, il ne nous aurait pas pris ce week-end. Le téléphone n'arrêtait pas de sonner. C'étaient ses frères, qu'on avait croisés une fois ou deux, qui se manifestaient, parce qu'il faudrait prendre des décisions. Il faudrait aller vite, s'assurer qu'il y avait de la place pour Louisette dans cet établissement, il fallait envisager le financement, il fallait trouver une solution pour le pépé. D'après ce qu'on comprenait, personne ne voulait prendre le vieux chez lui. Mon père disait que c'était hors de question, déjà qu'avec le divorce tout était chamboulé, et son travail qui l'accaparait. Il disait que le pépé serait seul toute la journée, qu'il ne supporterait pas de vivre dans un immeuble, que ça serait signer son arrêt de mort. Mon père répétait au téléphone que Louisette avait fait des siennes, comme s'il avait parlé d'un enfant turbulent. Elle était partie seule au village. Elle s'était perdue. Elle avait dit aux gens qu'elle avait rencontrés qu'elle allait à la messe, mais c'était vendredi, il n'y avait pas de messe. Elle portait une petite robe de coton légère, il faisait froid, il s'était mis à pleuvoir. Elle était trempée. La robe était neuve, achetée au marché il y a longtemps, une robe de mauvaise qualité d'un vert trop vif dont la couleur avait déteint sur ses épaules et ses genoux. Elle avait fait plusieurs fois le tour du village, avec sa robe collée à la peau, puis s'était assise sur le banc devant l'église, elle attendait. C'est le curé qui avait raccompagné Louisette. Il en avait profité pour sermonner le pépé : qu'on ne laissait pas sa femme dans cet état, livrée à elle-même, et qu'on devrait prier pour elle. C'est le curé qui avait téléphoné à mon père. De quoi il se mêle, avait-il protesté.

Nous n'irons plus aux Echets. A quoi nous servirait ce que Louisette et le pépé nous avaient appris jour après jour ? Ça ne nous servirait à rien, ça resterait dans nos mémoires, comme des traces de doigts sur des vitres embuées : utiliser l'eau du puits pour laver la vaisselle, trier les déchets, les épluchures pour les poules, le marc de café pour le potager, ne rien jeter dans la cuvette des toilettes, ne pas mettre le fromage au frigo, récupérer le petit bois, le papier, récupérer les boîtes de conserve, les barquettes d'aluminium, les piles usées... Il nous fallait avaler cette nouvelle couleuvre. Nous n'irons plus nous vautrer dans la grange des après-midi entières, nous ne donnerons plus de trèfle aux lapins. On aurait pu croire que ça tombait bien, on n'avait plus envie, on n'était plus des gosses. Mais ça faisait partie de notre monde, la ville et la campagne, l'idée des départs et des retours. Nous ne pataugerons plus dans la boue, nous marcherons sur des trottoirs de béton jonchés de crottes de chien.

Nico a fini par sortir de son engourdissement. Il a daigné rouvrir la porte de ma chambre. Il s'est bouché les oreilles en entendant Noir Désir sur mon minicassette, comme toujours, mais il est tout de même entré. Il sentait l'eau de toilette, mêlée à l'odeur du mélange deux-temps. C'était le nouveau parfum de Nico, assez peu subtil, depuis qu'il se déplaçait en mobylette — un modèle d'occasion récupéré par mon père — pour aller au lycée. « C'est la différence entre les autres et moi, se plaignait Nico, les copains ont une vespa et moi je roule sur une meule pourrie. » Nico jouait avec son trousseau de clés, il avait quelque chose à dire mais ça ne sortait pas. Ce qu'il voulait savoir, c'était comment on fait avec une fille pour qu'elle ne tombe pas enceinte. Sa question était d'actualité, je venais de rencontrer Mehdi, j'aimais Mehdi, je faisais l'amour avec Mehdi qui avait une chambre en cité universitaire et manipulait maladroitement les préservatifs. J'avais une longueur d'avance sur Nico. Chaque mois, je comptais les jours en attendant mes règles, rongée par l'inquiétude quand elles tardaient à venir. Nico venait de découvrir le plaisir partagé avec une fille, il n'en revenait pas de cette aubaine. Il ne tenait plus en place, il faisait des bonds. En plus des pompes, il s'était mis à sauter à la corde. L'autre question de Nico, c'était le sida, mais ça ne l'inquiétait pas vraiment, disait-il, parce qu'il affirmait n'emballer que des filles *propres*. Voilà donc où en étaient les enfants de Madame le Docteur et Monsieur le Chef des Ventes à bientôt dix-sept et dix-neuf ans, à débattre dans une chambre de trois mètres sur trois de la notion de *propreté* en matière sexuelle. Les critères de Nico étaient instinctifs et radicaux, c'est-à-dire terrifiants. La *propreté*, si j'ai bien compris, avait à voir avec la couleur de la peau. Plus le teint est clair, plus les risques de contamination sont faibles. Je lui demandais s'il raisonnait de la même façon pour la grossesse. Plus la fille est basanée, plus elle tombe enceinte facilement ? Autrement dit, plus sa peau est foncée, plus elle t'apporte des ennuis, c'est ça ? Nico commençait à grogner, m'accusait d'être comme ma mère, de défendre les *bronzés*, de m'acoquiner avec les *métèques*. D'ailleurs le Mehdi que je m'étais choisi n'avait-il pas un drôle de prénom ? Nico allait toujours trop loin, se complaisait dans l'excès. Il aimait provoquer, si bien qu'on ne savait qui il était vraiment.

En fait, on ne veut pas savoir, on n'y tient pas, on croit se tromper, on pense à une erreur d'appréciation. On imagine un accident de parcours, on met ça sur le compte de la jeunesse, des mauvaises fréquentations. On laisse courir. On ne veut pas savoir parce qu'un frère, c'est une part de soi, c'est en tout cas ce que l'on croit. Un frère, je n'en ai qu'un, un petit frère que j'étais persuadée d'avoir aidé à grandir. Je me voulais irréprochable. Mais je ne l'ai pas aidé, je n'ai servi à rien, je n'ai rien compris. Je l'ai peut-être empêché de trouver sa place, je me suis peut-être appuyée sur lui pour grimper plus haut. Je lui en veux de me mettre dans l'embarras, d'introduire dans la maison le germe redoutable. Je pense alors à l'enfance, aux moments partagés, aux rires et aux larmes amères, je pense que tous ces instants ont conduit à cela, se sont métamorphosés en un langage chargé de *bicots,* une langue qui s'égare. Quelque chose m'échappe. Quelque chose s'est cassé, de fragile et d'invincible à la fois. J'ai perdu le fil qui me reliait à Nico, le fil qui nous tenait serrés l'un contre l'autre, depuis l'enfance, prisonniers du même écheveau. Quelque chose s'est brisé sans que je comprenne ce qui arrive, j'étais trop près, aveuglée. Je n'avais pas compris que Nico avait grandi, qu'il se débarrassait de son cocon, renonçait à mes bonnes manières.

Nico entraînait ses muscles, triturait sa chair. Il sculptait son corps, en faisait une pièce unique, l'œuvre de sa vie. Il repoussait ses limites, explorait des champs nouveaux, noyait son malaise dans un bouillonnement de sang tiède. Le sang avançait dans les veines, propulsé par l'effort, les clapets s'ouvraient, les ventricules accéléraient le mouvement. Nico transpirait, exhortait ses pores à le délivrer des humeurs qui menaçaient de l'asphyxier. Il avait peur des mauvaises graisses, des toxines, des parasites. Il craignait que les poils n'envahissent son torse, mais les bulbes s'atrophiaient sous la peau. La poitrine de Nico était aussi lisse que sa pensée, monolithique. Il semblait acquérir des certitudes, refusait les nuances, il raisonnait en noir et blanc. Le bien et le mal, le positif et le négatif, le pur et l'impur. Nico ramait sur un appareil, comme s'il descendait le cours d'une rivière, ses cuisses remontaient sous le menton puis se tendaient loin devant. Ses bras se cramponnaient aux avirons. La rive défilait dans la tête de Nico, les aulnes, les peupliers, il ramait dans le courant, il parcourait des kilomètres, il glissait à la surface de l'eau. Il ne sentait pas la fatigue, il était attentif à sa respiration, régulière et puissante, une respiration de bête, un souffle de machine. Les cuisses de Nico avaient durci, elles glissaient l'une contre l'autre quand il marchait, ce qui lissait la peau, elles se chevauchaient légèrement, on entendait ses pantalons frotter. Les épaules de Nico étaient sa fierté, doucement vallonnées. Il déboutonnait le col de ses chemises pour laisser apparaître le haut de son torse, un peu trop massif à mon goût. Seuls les mollets de Nico n'avaient pas donné satisfaction. Peut-être les avait-il négligés. Deux petites boules de muscles assez ridicules s'accrochaient sans grâce à l'os. Nico en était conscient, il les camouflait sous les pantalons.

Nico était devenu un homme. Je devais lever la tête pour le regarder dans les yeux. Les rôles s'inversaient, il pouvait à présent me protéger, il avait aussi le pouvoir de me neutraliser d'un simple geste. Il adressait des sourires narquois à l'étudiante que j'étais devenue, je l'amusais avec mon emploi du temps surchargé, mes cours, mes classeurs. Il tentait de me déconcentrer. Il s'arrangeait pour se trouver sur ma trajectoire, il me coinçait dans le couloir de l'appartement, me provoquait. Il se moquait de moi parce que j'étudiais en gardant sur les oreilles les écouteurs de mon walkman. Il était jaloux d'Alain Bashung dont je fredonnais les chansons. Il était maladroit, voulait attirer l'attention, il faisait des mystères. Il me parlait de copains vraiment épatants, des types pas comme les autres, qui avaient des idées nouvelles, qui avaient le courage de ne pas penser comme tout le monde. Nico restait évasif, il disait seulement que ces gars-là voulaient une société avec un peu d'ordre, plus de sécurité. Il était excité, me prenait à témoin : « On ne peut qu'approuver, non ? » Je me débattais, je lui disais : « Tu ne peux pas nous faire ça. » Nico ne comprenait pas, il répondait que l'avenir prouverait qu'il avait raison. « Tu verras, petite sœur, on en reparlera. » Je m'étais ressaisie, j'avais regardé Nico en face, calmement, en prenant le temps qu'il fallait. J'avais regardé Nico autrement, sous un angle neuf, comme s'il n'était pas mon frère, mais un passant inconnu. J'avais vu, pour la première fois, la haine concentrée dans ses yeux, j'avais découvert le dégoût inscrit sur son visage, et j'avais eu peur. Mais c'est moi qui invente, je n'avais rien vu de tout cela, je l'avais imaginé, ce qui est pire encore. On ne voit pas son frère tel qu'il est, ni son père, ni sa mère. On en sait trop et en même temps, tout nous échappe. On voit ce qu'ils veulent bien montrer, ils deviennent des caricatures à force d'être égaux à eux-mêmes. On croit les connaître par cœur, sous prétexte qu'on assiste à leurs avatars quotidiens, on en est saturé, on sait à quelle heure ils se couchent, on entend les articulations qui craquent, les mâchoires qui bâillent. On entend le rasoir, le coupe-ongles, le sèche-cheveux, on respire l'odeur du shampooing, de la laque. On est aux premières loges devant leurs traits fatigués, leurs yeux gonflés, leur bouche pâteuse. On subit leurs moindres sautes d'humeur, on sait leurs difficultés à digérer, leurs problèmes de dos, leur mauvaise haleine. On est les uns sur les autres, de minces cloisons nous séparent, qui laissent passer chuchotements et vibrations, des portes qu'il suffit de fermer nous donnent l'illusion qu'on peut être seul. On est là quand le courrier arrive, quand le téléphone sonne. On connaît les horaires de chacun, on remarque les retards, les retours contrariés, on partage les bonnes et les mauvaises nouvelles. On est dans les pattes les uns des autres, on se gêne, on ne se supporte plus, on s'évite comme on peut. On attend que les w-c soient libres pour aller pisser, on est furieux quand ça dure trop longtemps, on va pisser dans le bidet. On se bat pour manger le dernier yaourt aux fruits, on se fâche à cause des programmes télé. On est là, les uns en face des autres, on se regarde comme des êtres qui se sont déjà tout dit. Alors qu'on ne s'est jamais parlé, on n'a fait que se frôler. On croit tout savoir, mais on est ignorant. On s'enlise. Je regardais Nico et j'étais perdue. Je devais admettre qu'on n'était pas fait pareil, que le frère et la sœur étaient deux êtres distincts, sur le point de se quitter. Il ne servait à rien de vivre dans l'entêtement, il fallait faire un pas, accepter la rupture, procéder à l'amputation. Ça, c'est ce que je pensais, c'est facile à dire. Il faudrait savoir renoncer aux siens, il suffirait de tourner le dos et de partir dans le sens opposé. Il n'y a qu'une porte à franchir, il faudrait savoir la claquer. Mais on ne peut pas laisser un frère avancer dans l'obscurité, parce qu'une part de soi avance avec lui. Je ne peux pas l'abandonner, je suis tenue par un lien invisible, je m'empêtre, je suis comme un yoyo, je m'éloigne pour mieux me rapprocher, je prends des claques, je tombe KO. Je suis étonnée que ce frère me ressemble aussi peu, je me dis qu'il a dû faire exprès de prendre la tangente, pour qu'on le regarde enfin tel qu'il est, grand, fort et beau, je n'avais pas remarqué. Je découvre qu'il est séduisant, en effet, pas du tout mon genre et c'est tant mieux, mais je comprends que certaines jeunes filles se laissent approcher. Ce charme me fait frémir, parce qu'il est trompeur, comme une eau calme au fond de laquelle la bête sommeille. Je refuse de continuer à aimer sous prétexte que c'est mon frère, je m'interdis de le traiter comme l'un des miens, je ne sais pas comment faire parce que j'aime quand même, j'ai besoin de lui. Je ne sais pas comment arrêter l'amour. Je suis incorrigible, je me raisonne, je prends des résolutions que je ne tiens pas. Je refuse de passer l'éponge, je durcis le ton, je lui fais comprendre qu'il n'est pas fréquentable. Il est là sous mon nez, il colporte les idées nouvelles auxquelles il croit, il rit de mon embarras, il aime provoquer ma colère, il dit : « Tu m'as l'air bien énervée, petite sœur ! » Je ne réponds pas ou je réponds d'une voix faible que ses idées n'ont rien de nouveau, qu'elles ont déjà fait des ravages, l'ordre, la sécurité, la discrimination, la supériorité de la race blanche. Je ne sais pas s'il m'entend. Il fait semblant d'écouter, mais il ricane. Il dit que ses amis ont l'idée d'une société radicalement différente, nettoyée de toutes les larves qui rampent et empêchent notre progression. Il dit que ses amis ne sont pas n'importe qui, ce sont des gens bien, qui ont étudié la question, on peut leur faire confiance.

Ma mère s'inquiétait pour l'avenir de Nico qui ne voulait pas passer son bac. Elle refusait de voir la vérité en face. Elle parlait à présent d'apprentissage technique, elle était prête à financer une formation. Elle disait qu'il n'y a pas de honte à exercer une profession manuelle, qu'il n'y a pas de sous-métier. Elle pensait que la destinée de Nico pourrait rejoindre celle de sa famille, de ses ancêtres. Elle imaginait Nico travaillant le métal ou le bois, retrouvant l'usage de ses mains. Elle garderait ainsi un pied dans le monde ouvrier, la boucle serait bouclée. Mais Nico ne voulait plus rien apprendre, il voulait travailler. Il en avait assez des professeurs et de leur supériorité, de leurs mauvais jeux de mots, de leur mépris. Mais, que les choses soient bien claires, Nico n'entendait pas faire n'importe quoi. Il redoutait les tâches salissantes, dégradantes, éreintantes, il craignait de ressembler à un prolétaire. Il crachait sur les fonctions subalternes sous-payées, il refusait l'esclavage, qu'il croyait destiné à *la racaille*. Il rêvait de trouver une planque, il disait que par l'intermédiaire d'un copain, il se *débrouillerait* un plan. Il voulait *faire du fric*, avait un faible pour l'argent facile. Ma mère ne voyait pas Nico tel qu'il était. Elle le considérait toujours comme un adolescent vulnérable et instable, elle lui parlait en adoucissant la voix, alors qu'il était devenu un adulte intransigeant qui nous mènerait bientôt à la baguette. Ma mère s'inquiétait, elle pressentait que l'avenir de Nico était en train de se jouer, elle ne savait comment faire pour qu'il bascule du bon côté. Mais peu importe le côté, ce qu'elle aurait aimé, c'est qu'il se mette dans une case et qu'on n'en parle plus, qu'il cesse de la tourmenter, de lui renvoyer chaque jour la réalité de son échec.

Ma mère reprenait goût à la vie. Elle avait rencontré un homme. Elle ne nous avait rien dit, mais ça crevait les yeux. Elle passait du temps devant la glace, se mettait de la poudre pour ne pas briller, elle allait parfois au cinéma le soir, elle s'absentait le week-end. Elle repassait son linge, marquait le pli de ses pantalons, recousait ses boutons manquants. Elle s'acheta une nouvelle robe qui lui arrivait bien au-dessus du genou, une paire de boucles d'oreilles et fit disparaître ses cheveux blancs. On l'entendit, pour la première fois, se plaindre des malades qui l'empêchaient de vivre sa vie. Nico dressait l'oreille, alerté par le discours de ma mère en pleine résurrection. Quelque chose ne lui plaisait pas. Quand elle quittait la maison, il tournait en rond, masquait mal sa furie. Il regardait sa montre, évaluait le temps passé. Ma mère nous mentait. Elle inventait des prétextes pour sortir, elle se sentait fautive. Elle était attendrissante, ressemblait à une jeune fille impatiente. Nous faisions semblant de croire à ses histoires, nous hochions la tête en chœur. Quand nous nous retrouvions seuls, Nico et moi, nous parlions de son amoureux, nous tentions de lui donner un visage, un âge, une profession. Nous inventions l'amant idéal, et le père idéal par la même occasion. Nico n'aimait pas ces séances, il devenait nerveux, cynique. L'idée que ma mère se jette dans les bras d'un inconnu lui était insupportable. Qu'elle le fasse sans nous demander notre avis ajoutait à sa colère.

Nous sommes allés voir Louisette au Bon Repos. Elle était dans une chambre au deuxième étage, avec vue sur une cour intérieure exposée au nord. Pas de soleil dans la petite pièce, pas de Louisette non plus. Elle n'était pas encore remontée du réfectoire, du restaurant comme on dit ici. On nous faisait croire qu'elle prenait le café en regardant la télévision. Nous étions tous les trois, plantés dans la chambre, avec mon père qui s'agitait, interpellait le personnel, ne savait plus à qui demander. Nico était debout, il aurait aimé annoncer à Louisette qu'il préparait son bac, mais il ne préparait rien. Il n'avait rien de spécial à dire. Mon père avait apporté un gros paquet de couches, qu'il avait dissimulé dans un sac. Il cherchait dans l'armoire un endroit pour le caser. Je tenais contre moi un petit bouquet de fleurs, mais je ne voyais pas de vase. Les infirmiers passaient dans le couloir en faisant claquer leurs sabots, ils poussaient des chariots, défonçaient les portes, avaient de gros rires déplacés. Ils s'adressaient aux malades comme s'il s'agissait de bébés. Ils répétaient plusieurs fois la même chose, leur parlant à la troisième personne : « Madame Laurent a-t-elle bien mangé ? A-t-elle bien mangé ? Bien mangé ? Mangé ? » On avait perdu Louisette, elle n'était ni en haut ni en bas. Le visage de mon père pâlissait. On la retrouva sur un balcon, assise face aux deux platanes de la cour. Une infirmière la prit par la main, la conduisit dans la chambre où elle fit une entrée redoutée. Ce n'était pas Louisette que nous avions devant nous, mais une femme sans regard et sans âge, petite et menue, une miniature. Elle nous effleura sans nous voir, avança jusqu'à la fenêtre et s'installa derrière la vitre face aux deux platanes. Elle se ravisa, tendit la main à Nico et lui dit : « Bonjour monsieur. » Mon père crut utile d'insister, il la secoua, la gronda. Louisette se ressaisit et dit sur un ton obséquieux : « Bonjour monsieur Nicolas. » Nous sommes sortis dans le couloir, Nico et moi, pour reprendre notre souffle. J'avais entre les mains mon bouquet dont je ne savais pas quoi faire. Nico voulait qu'on se tire de là. Je savais qu'il pensait à la même chose que moi, c'en était fini de Louisette, pour toujours, de la petite voix chantante dans la cuisine sombre de la ferme. Terminé. On passe à autre chose, on passe à quoi ?

Ma mère avait envie de partager son bonheur, elle était généreuse. Elle frétillait et imaginait que nous allions frétiller ensemble. Pour acheter notre silence et compenser ses nombreuses absences, elle nous fit des cadeaux et nous donna de l'argent de poche. Nous avions l'impression que l'argent ne comptait plus, elle ouvrait son porte-monnaie sans froncer les sourcils, ce qui était nouveau. Elle semblait gagnée par un petit grain de folie, elle s'autorisait des fantaisies, passait outre ses principes d'éducation. Elle nous choya, nous bichonna, nous demanda ce qui nous ferait plaisir. Mais nous demeurions muets, nous avions beau réfléchir, rien ne nous faisait plaisir, nous étions pris de court. Nous étions des enfants sans désir, une espèce bizarre, un peu à part. Nous nous sentions gênés de ne rien convoiter, comme s'il s'agissait d'une faute, une anomalie. Ma mère se réserva pour nos anniversaires. Satisfaite de voir que son fils s'installait sur la courbe de la virilité, elle voulut lui faciliter la tâche et lui fit la surprise de l'abonner, pour ses dix-sept ans, à un club de sport où il pourrait pratiquer le body-building. Il râla pour la forme, dit qu'il aurait préféré une mobylette neuve (le seul véritable désir de Nico), mais se rendit au club pratiquement tous les soirs. Le cadeau de ma mère était ambigu, elle encourageait Nico à s'entraîner ailleurs que chez elle, c'était une façon de le pousser dehors. Les premières semaines, il en revint satisfait, débordant d'énergie. Puis au fil des jours, on le sentit plus réticent, il espaçait les séances, on devinait que quelque chose ne tournait pas rond. Au début, on n'y prit pas garde parce que Nico n'est jamais content. Il persévéra, continua de faire une drôle de tête. Quand il rentrait, il avait l'air contrarié. Il avait les nerfs à vif et le regard mauvais. Nico n'osait pas se plaindre parce qu'il s'agissait d'un cadeau, il prit patience, puis finit par m'avouer, exaspéré, que les appareils n'étaient jamais libres, que le règlement n'était pas assez strict, que les douches n'étaient pas propres, qu'il y avait des vols dans les vestiaires. Bref, c'était un club au rabais, mal fréquenté. « Un petit coup de ménage, disait Nico, ça ne serait pas pour me déplaire. »

Louisette est morte il y a dix jours. Ça a été un beau cafouillage. Mon père voulait la faire incinérer. Probablement par souci d'efficacité. Pour ne pas laisser de traces, effacer les origines paysannes. Le pépé disait qu'il ne supporterait pas l'idée du corps de Louisette dévoré par les flammes. Ma mère, qui s'en était mêlée alors que personne ne lui demandait son avis, disait qu'on ne se recueille pas devant une tombe comme devant une urne. L'idée d'avoir l'urne à la maison la gênait. Mon père trouvait cela pratique. Je demandais à Nico ce qu'il en pensait.

Il n'avait pas d'avis, il avait seulement du chagrin qu'il ne montrait pas. Pour l'incinération, c'était compliqué, il fallait se rendre en ville. Le mot crématorium n'allait pas de soi, il ne collait pas avec la vie qu'avait eue Louisette. Mon père insistait pour la crémation, parlant aussi fort que le pépé qui avait du mal à se faire entendre. Le pépé avançait des arguments en faveur du cimetière derrière l'église du village. Il disait que le curé ne serait pas content. Mon père rétorquait qu'on s'en fichait du curé, qu'on n'avait de compte à rendre à personne. Le pépé demanda à mon père de baisser le ton. Louisette aurait préféré être enterrée au village, un point c'est tout. C'est une affaire réglée. Nous avons enterré Louisette il y a une semaine. Il pleuvait. Mon père et ma mère étaient réunis pour la première fois depuis des années. Ils se sont parlé, ils se sont embrassés. Après l'église et le cimetière, nous sommes allés chez le pépé pour casser la croûte. Il y avait une vingtaine de personnes. La cour de la ferme était pleine de boue. Nico et moi n'étions plus venus depuis longtemps. Le pépé a ouvert la porte et l'odeur était toujours la même. Nous n'avons pas osé monter dans la petite chambre, comme si nous n'étions plus chez nous. Nous nous demandions si la Sainte Vierge cassée était encore dans le tiroir de la table de nuit. Nous sommes restés en bas avec les convives, qui mangeaient du saucisson et buvaient du vin, qui parlaient fort et qui riaient. Mon père et ma mère étaient assis l'un à côté de l'autre. Leurs épaules se touchaient. Mais était-ce la pénombre qui trompait nos sens ? Nico m'a fait signe, nous sommes sortis respirer dans la cour. Nous avons laissé la pluie dégouliner sur nos cheveux, nous avons trempé nos chaussures dans les flaques imprégnées de purin. Nous avions envie de sauter dans l'eau, de nous éclabousser, de nous barbouiller de cette fange, comme le font les cochons pour tuer leurs parasites, calmer leurs démangeaisons. Il nous aurait fallu une carapace de boue, une croûte bien épaisse pour nous mettre à l'abri. Nous aurions préféré être des animaux, en cet instant où les hommes nous dégoûtaient. Nico s'est contenté de mettre des coups de pied dans la clôture déjà défoncée. Je me suis contentée de regarder Nico. Nous n'avons pas exploré la ferme comme nous nous l'étions promis, nous savions que l'étable était vide, que la grange était vide, qu'il n'y avait plus rien à attendre. Ils ont fini par nous appeler, ils voulaient qu'on mange quelque chose, ils voulaient qu'on soit des leurs. Nous les avons rejoints, tremblants de froid et mal à l'aise. Ils nous ont servi du sirop de cassis et du vin. Nico a bu plusieurs verres. Je le voyais porter le vin à ses lèvres, doucement, espérant que mon père ne trouverait rien à redire. Nous nous sommes levés pour prendre congé. Mon père a serré ma mère dans ses bras, j'aurais préféré ne pas voir ça. Nico avait la tête tournée de l'autre côté, de toute façon il était saoul. Il se tenait à moi pour marcher jusqu'à la voiture. Nous avons dit au revoir à la famille paternelle, les oncles à qui nous n'avons pas décroché un mot et qui ne nous ont pas parlé non plus. Les cousins qui ressemblaient à des ploucs et que nous rencontrions pour la première fois. J'avais peur que Nico ne se contrôle pas. Je l'imaginais faire une réflexion désobligeante au moment de se serrer la main. Je le voyais gros comme une maison. Mais non, Nico a salué tout le monde bien gentiment, il a embrassé mon père et le pépé. Dans la voiture, il s'est endormi à l'arrière. Il était tard mais il faisait encore jour, ma mère a mis les essuie-glaces. On n'a pas prononcé un mot jusqu'à la maison.

Ma mère nous a présenté son amant samedi soir. Ça devait finir par arriver. Elle l'a invité à dîner à la maison. Il a fait son apparition un peu avant vingt heures. Nico regardait la télé. Quand il a entendu sonner, il a augmenté le son, je l'ai bien remarqué. Il est resté avachi dans le fauteuil, il s'est mis à zapper sur toutes les chaînes. Ma mère était tendue, à cause de Nico. Elle a enlevé son tablier et a couru ouvrir. L'amant s'est essuyé les pieds sur le paillasson assez longuement et a fait son entrée dans le vestibule. Ma mère s'affairait autour de lui, le débarrassait de son imperméable, prenait le gâteau qu'il avait acheté à la pâtisserie. L'amant restait tapi devant la porte d'entrée, prêt à battre en retraite. Ma mère a dit : « Je vous présente Richard. » Je suis arrivée en souriant et j'ai tendu la main pour compenser la tête que faisait Nico. Richard était vieux, j'étais déçue, mais un vieux qui essaie de faire jeune, ce qui est pire. Il portait un jean et une chemise à gros carreaux. Je reconnus tout de suite Richard. Il s'agissait du pharmacien installé sur la place, à cent mètres de chez nous. J'étais gênée pour ma mère, tout le quartier le connaissait. Le pharmacien était à présent dans notre salon, sans sa blouse blanche, il mangeait des cacahuètes et buvait du Martini. Il n'était pas très bavard, il marchait sur des œufs. Il tournait sa langue dans sa bouche avant de parler, comme si nous étions des espions, des membres des renseignements généraux. Il enchaînait tout au plus trois mots, parfois il risquait une phrase, anodine, fluette. Par contre, il souriait beaucoup, souvent pour rien. Nico faisait des allers-retours entre sa chambre, le salon et la cuisine, donnant l'impression qu'il était occupé. Il brassait du vent, marquait son territoire. La soirée s'annonçait pleine d'embûches. Ma mère avait passé l'après-midi à cuisiner, elle avait sorti tous les ustensiles des placards, avait utilisé toutes les casseroles. Elle s'était affolée devant les fourneaux comme toujours quand elle se met en tête de réaliser une recette compliquée. Elle avait jeté des coups d'œil inquiets à la pendule, craignant de ne pas y arriver. L'évier était saturé de récipients sales. Elle avait ouvert les fenêtres, à cause des odeurs, elle avait nettoyé toutes les pièces, passé l'aspirateur et la serpillière. Elle avait fait la poussière sur les meubles ce qui n'était pas arrivé depuis des lustres. Elle avait récuré à fond les w-c et la salle de bains. Elle avait lavé les vitres, elle était montée sur un escabeau et s'était penchée au-dehors, j'avais eu peur qu'elle ne bascule dans le vide. Ce n'était pas le moment de s'aplatir sur l'asphalte trois étages plus bas. On ne tombe pas de la fenêtre le jour où on présente son amant à ses enfants. Ou alors, on le fait exprès. Richard découpait le magret de canard dans son assiette, buvait une gorgée de vin, s'essuyait les coins de la bouche avec sa serviette. Il complimentait ma mère, tentait de rompre le silence. Il me posait des questions à propos de mes études, se montrait curieux. Il ne demandait rien à Nico, il ne savait pas par quel bout le prendre. On voyait qu'il faisait des efforts, qu'il se creusait la tête. Il en perdait l'appétit. Mais Nico ne lui était d'aucun secours, il faisait comme si Richard était transparent. Le repas touchait à sa fin quand ma mère nous annonça qu'elle et son amant projetaient de partir en voyage quelques jours, à peine une semaine, histoire de se changer les idées. Elle attendait que nous lui donnions notre bénédiction. Je fis mine d'être intéressée par le voyage, quelle destination ? La Tunisie, quelle bonne idée ! Ils prendraient l'avion à Paris la semaine prochaine. Ils atterriraient à Tunis, puis cap sur le désert. Ma mère apporta une carte qu'elle déplia sur la table. Nous fîmes semblant d'être passionnés par la Tunisie, l'artisanat local, les palmeraies, les oasis, parce que nous n'étions pas capables d'aborder un autre sujet. Seul Nico avait quitté la table et s'était retiré dans sa chambre, sans s'excuser, sans saluer, sans annoncer qu'il capitulait. Il avait fait quelques pompes avant de s'allonger, s'il avait eu un punching-ball, il lui aurait balancé quelques crochets du droit. Nous nous sommes attardés dans le salon. Ma mère et Richard contenaient mal leurs bâillements. Je ne savais si je devais leur tenir compagnie ou s'il était plus judicieux de m'éclipser. Je ne me trouvais pas à ma place au milieu du salon où je vivais depuis bientôt vingt ans. Je me sentais rejetée à la périphérie de la pièce, il s'y passait quelque chose qui ne me regardait pas. Me revenait à l'idée qu'il était temps que je quitte la maison. Ma présence dans l'appartement n'avait plus de sens, maintenant que ma mère semblait tirée d'affaire. Je me demandais si Richard allait passer la nuit chez nous, si ma mère allait lui ouvrir la porte de sa chambre. J'imagine que Nico, de son côté, devait se poser la même question. Pour ne plus rien entendre, pour ne pas être le témoin de leur intimité partagée, je me retirai dans ma chambre, mis mon minicassette en route et m'endormis en écoutant un vieil enregistrement du Velvet.

Le lendemain matin, le pharmacien n'était pas là. Je suppose qu'il était rentré chez lui dans la nuit. Ma mère sifflotait en préparant le café, j'avais eu un sommeil agité et des rêves idiots. Mehdi devait passer me chercher vers midi pour aller à la plage. J'avais juste le temps de me laver les cheveux. Mais Nico était dans la salle de bains et ne comptait pas en sortir de sitôt. Quand il ouvrit, je remarquai qu'il s'était coupé en se rasant. Il était de mauvaise humeur. Il me bouscula dans le couloir, regagna sa chambre et s'enferma. Je vins frapper à sa porte, pour tenter de lui soutirer quelques mots. Il refusa de me parler puis, comme j'insistai, consentit à me laisser entrer. Il dit : « Compte pas sur moi pour te raconter ma vie. Y a rien à raconter. — C'est juste pour t'aider. — Non, besoin de rien, qu'on me foute la paix ou qu'on me trouve un boulot. Je ne veux pas moisir ici, il faut que je me tire. — T'as raison, il faut bouger. Moi aussi, je vais partir. » J'ai passé la journée avec Mehdi. Une heure ou deux à la plage où nous nous sommes gelés malgré les éclaircies, puis le reste de l'après-midi dans sa chambre de la cité U où nous sommes restés au lit, à faire l'amour, à manger des gâteaux et à écouter le dernier disque de P.J.Harvey. Je suis rentrée en autobus à la maison.

Lundi matin, c'est-à-dire ce matin, je me suis levée tard. Les cours sont terminés depuis plusieurs jours. J'ai pensé toute la journée à mon installation future avec Mehdi. Le problème était de savoir si un lit deux places rentrerait dans la chambre qu'il occupe et si on avait le droit d'y vivre à deux. Il faudrait qu'on s'organise pour transporter mes affaires. Je n'en ai pas encore parlé à ma mère, je préférais attendre son retour de voyage. Je n'ai pas bougé de la maison où j'ai rangé, trié, jeté, et savouré mon passage en deuxième année. Je devais téléphoner à mon père comme je lui avais promis mais je n'en ai pas eu envie, je n'aimais pas l'appeler sur son portable, je tombais toujours mal. Ma mère a travaillé toute la journée, avec une pause de trois quarts d'heure à midi. Elle s'est promis de tenir le coup jusqu'à la Tunisie, une belle carotte. Nico est sorti de sa chambre un peu avant onze heures. Nous avons mangé tous les trois. Nous avons parlé des patients, ce qui n'arrive jamais, un cas de méningite décelé chez un enfant de sept ans. Ma mère avait l'air contrarié, elle ne savait pas si on pourrait sauver le petit garçon. Elle a fumé deux cigarettes après le repas. Elle s'est emportée à cause de Nico qui n'avait pas dit un mot. « On ne sait pas ce que tu as dans le ventre », a-t-elle lancé. Elle a ajouté : « Ne m'attendez pas ce soir, je rentrerai tard. » Nico a passé une partie de l'après-midi dans sa chambre. Je me suis permis de lui faire remarquer que s'il voulait trouver du travail, il ferait bien de s'y prendre autrement. Je n'ai pas été agressive, j'ai pris un ton amusé, un ton de grande sœur. Nico a rétorqué qu'il avait sa petite idée sur la question. Comme toujours il a eu le dernier mot. Nico est sorti en fin d'après-midi. Il n'a pas dit où il allait mais a signalé, sur un ton ironique, qu'il rentrerait tard, lui aussi, puisqu'il semblerait qu'il n'y ait plus d'horaires dans cette maison. J'ai entendu sa mobylette démarrer sous nos fenêtres et s'éloigner.

Je me suis couchée avant que Nico et ma mère ne soient de retour. Je me suis endormie avec la musique. Il était un peu plus de minuit quand la sirène des pompiers m'a réveillée. Nico n'était pas dans sa chambre, ma mère dormait à poings fermés, je ne l'avais pas entendue rentrer. Je suis restée éveillée, j'ai tourné dans l'appartement, j'ai tenté de lire, j'ai pensé téléphoner à Mehdi, mais c'était trop tard. J'ai attendu, je savais que l'absence de Nico n'était pas bon signe. J'ai tenté de me rassurer, Nico avait probablement rejoint ses nouveaux amis par qui il ne cessait de jurer. Quelque chose me disait que cette nouvelle fugue sonnait comme un point final, qu'une nouvelle étape avait été franchie. Les heures ont passé, je n'ai pas retrouvé le sommeil. L'inquiétude augmentait. Ma mère dormait, mon père était à l'autre bout du département, préoccupé par son chiffre d'affaires. J'étais la seule à me soucier de Nico, c'était injuste. A cinq heures et demie du matin, on a frappé à la porte sans ménagement. C'était la police, j'ai ouvert avec mon tee-shirt Kurt Kobain, j'ai pensé que ça faisait mauvais genre. Ils ont demandé où étaient mes parents, ils m'ont parlé de la mobylette qu'ils avaient retrouvée, ils se sont assurés qu'elle appartenait à Nico. Sur le coup, j'ai cru que Nico était mort parce que celui qui parlait énonçait les faits dans le désordre. Il a fait allusion à des témoins qui avaient reconnu la mobylette. Il a ajouté que Nico avait pris la fuite, puis il a parlé de l'incendie, il a précisé criminel. Puis comme je ne bronchais pas, il a lâché le mot que je ne voulais pas entendre. Il a dit raciste, crime raciste. Ensuite, il a enchaîné avec mandat d'arrêt et perquisition. Il m'a demandé si je n'avais pas une petite idée pour les aider à retrouver Nico. Je n'avais pas d'idée, pas d'avis. Et je n'aurais bientôt plus de frère. Je ne voulais pas les faire entrer, je ne voulais pas qu'ils réveillent ma mère, je ne voulais pas qu'ils jettent Nico en prison. Ils ont insisté, m'ont bousculée. Ils ont dit que mon devoir était de les aider.

Composition réalisée par JOUVE

IMPRIMÉ EN ALLEMAGNE PAR ELSNERDRUCK
Dépôt légal Édit. : 13110-09/2001
LIBRAIRIE GÉNÉRALE FRANÇAISE - 43, quai de Grenelle - 75015 Paris.
ISBN : 2 - 253 - 15111 - 4

31/5111/5